अगहनियां

(कथा संग्रह)

शिव शंकर सिंह

PG PUBLICATION

दिल्ली-110089, (भारत)

संस्करण : 2019
ISBN : 9788194347156

प्रखर गूँज पब्लिकेशन
एच-3/2, सेक्टर-18, रोहिणी, दिल्ली-110089
दूरभाष : **7982710571, 7838505899**

प्रथम संस्करण : 2019

आवरण : मधुबनी पेंटिंग्स - अर्चना मिश्रा
https://www.facebook.com/archana.mishra.77312

साज सज्जा : दुर्गाप्रसाद

अगहनियां

By Shiv Shankar Singh

Published by
PRAKHAR GOONJ PUBLICATION
Delhi-110089
E-mail : prakhargoonj@gmail.com
sinha.neelu123@gmail.com
7982710571, 7838505899, 011-27851059

पूजनीय माँ एवं पापा को समर्पित...

सर्वतीर्थमयी माता सर्वदेवमयः पिता।
मातरं पितरं तस्मात् सर्वयत्नेन पूजयेत।।

पद्म पुराण सृष्टि खंड (47/11)

निवेदन

कहानी एक सतत एवं शाश्वत प्रक्रिया है। हमारे आस-पास नित नई कहानियों का निर्माण होता रहता है। इस निर्माण प्रक्रिया में, हममें से हर व्यक्ति किसी न किसी कहानी का पात्र है। अपने आस-पास बिखरी इन्हीं कहानी रूपी पुष्पों को कल्पना की सुई से पिरोकर माला का आकार देने का प्रयास मैंने किया है। कितना सफल हो पाया हूँ, यह सुधी पाठकजन ही निर्णय करेंगे।

पुस्तकें पढ़ने की रुचि से दूर होती जा रही वर्तमान पीढ़ी के दौर में अपनी रचित कहानियों को पुस्तक का रूप देने का दुस्साहस कतई नहीं कर पाता यदि मेरे परम प्रिय मित्रों श्री ब्रिजेश यादव, श्री आनंद राय, श्री जिनेश बड़दिया और मेरी अर्धांगिनी का सहयोग, प्रेरणा और प्रोत्साहन नहीं मिलता। श्री अभिषेक आर्जबजी का विशेष आभार।

प्रकाशक को असंख्य धन्यवाद जिन्होंने मेरी कल्पना और स्वप्न को मूर्त रूप दिया। प्रकाशन की समस्त टीम विशेषकर श्रीमती नीलू सिन्हा जी का बहुत-बहुत आभार।

आशा है प्रबुद्ध पाठकजन त्रुटियों को क्षमा अवश्य करेंगे। आपके अमूल्य विचारों की बेसब्री से प्रतीक्षा करूंगा।

शिव शंकर सिंह

जमशेदपुर, झारखंड।

क्रम तालिका

अगहनियां

गाँव में सदानीरा नदी के किनारे पलाश का वृक्ष। फूलों से लदा। ऋतुराज बसंत की सुंदरता को बढ़ा रहा है। बताना लाज़मी होगा कि यह गाँव का इकलौता पलाश है। गाँव ही क्या आसपास के कई गाँवों में नहीं है। गर्व की तो बात है। उस पर यह शिवालय के समीप है।

इस पलाश में किसी की जान बसती है। वो है अगहनियां। जी हाँ। अगहनियां-तकरीबन पंद्रह वर्ष की वय का एक अनाथ। अगहन (अग्रहायण) मास में जन्म हुआ था। सो माता-पिता ने अगहनियां नाम रख दिया। अगहनियां दो वर्ष का था तभी पिता का देहाँत हो चुका था। माँ भी कुछ वर्ष पहले संसार से विदा हो गई।

अगहनियां पूरे गाँव की टहल सेवा करता। कोई भी कुछ काम सौंप देता। बदले में कुछ खाने को मिल जाता। मंदिर के बरामदे पर शरण लेता। यूं तो पूरा गाँव उससे अपने काम लेने तक का ही मतलब रखता था परंतु एक व्यक्ति ऐसा था जो उससे पूरी हमदर्दी रखता। वह थे पूरण मास्टरजी।

कई वर्ष पहले अगहनियां अपनी माँ के साथ गंगा नहाने गया था। वहीं रास्ते

में कहीं से एक पौधा उठा लाया था। उसे मालूम नहीं था कौन सा पौधा है। लाकर नदी के किनारे बो दिया। जब माँ जिंदा थी तो कहा करता मरने के बाद तू इसी वृक्ष पर रहना। माँ भी हंसी में हामी भरी देती। समय के पहिए ने माँ को भी छीन लिया। अगहनियां जब भी उदास होता और माँ की याद आती तो वृक्ष के नीचे बैठा रहता। उसे सुकून मिलता था।

एक दिन अगहनियां मंदिर के बरामदे पर लेटा था। गाँव का एक किशोर भागता हुआ आया।

अगहनियां.......अगहनियां.....

अगहनियां हड़बड़ाकर उठ बैठा और संशय से किशोर की ओर ताकने लगा।

-अगहनियां... मैंने नदी किनारे दो लोगों को बातें करते सुना है। वे पलाश के वृक्ष को काटने के बारे में बातें कर रहे थे।

-तुम्हें सुनने में भूल हुई होगी। पूरण मास्टरजी बता रहे थे कि पलाश पवित्र होता है। जैसे पीपल और बरगद। क्या पीपल ओर बरगद को कोई काटता भी है? फिर मेरे पलाश को कोई क्यों काटेगा?

-क्यों स्कूल के पास वाले पीपल को नहीं काटा था? किशोर ने स्मरण दिलाया।

-पर मेरा पलाश भला किसी का क्या बिगाड़ रहा है? फिर किसी की जमीन पर भी नहीं है। यह तो नदी किनारे सरकारी जमीन है। अगहनियां मायूस होते हुए बोला।

मंदिर की ओर मुँह करके मन ही मन बुदबुदाया-सब तो आपने छीन ही लिया। फिर अब यह भी। रक्षा करना।

दो-तीन दिन बीत गए। कुछ नहीं हुआ। अगहनियां प्रसन्न था। सोच रहा था शायद उस किशोर को ही कुछ सुनने में भूल हुई थी।

परंतु किशोर सही था। एक सुबह दो लोग कुल्हाड़ी लिए पलाश

के वृक्ष को घूर रहे थे। अगहनियां की नजर पड़ी तो बदहवास भागा। अनुनय विनय करने लगा।

-काका छोड़ दो। किसी का क्या बिगाड़ रहा है?

-चल भाग यहाँ से। औकात में रह।

नारद काका थे। लकड़ी का कारोबार करते हैं।

अगहनियां की एक न चली। कुल्हाड़ी का पहला वार किया गया। अगहनियां की आह निकल गई। जैसे वार वृक्ष पर न होकर अगहनियां के शरीर पर हुई हो। दूसरा वार......तीसरा वार.......... कुछ मिनटों में ही भरा-पूरा वृक्ष जमीन पर धराशायी हो गया। अगहनियां की आँखें डबडबाई हुई थी। काठ की तरह स्थिर। भाव शून्य।

अगहनियां के बोए पौधे ने विशाल रूप लेने में कई वर्ष लिए। गर्मी, शीत, बारिश, आंधी, तूफान आदि को झेलते हुए अपने अस्तित्व को निरंतर आकार देता गया। परंतु मनुष्य के हाथों निस्सहाय हो गया। एक मनुष्य ने उसे अपने अपनत्व और प्रेम से पल्लवित किया तो दूसरे ने उसे क्षण में अस्तित्व हीन कर दिया। विनाश सृष्टि पर हावी हो गई।

अगहनियां चुपचाप चल दिया। पूरण मास्टरजी के घर पहुँचा।

मास्टरजी नाश्ता कर रहे थे। अगहनियां को देखकर बहुत खुश हुए।

-अजी अगहनियां के लिए भी नाश्ता लेकर आओ।

अगहनियां-नहीं मास्टरजी। भूख नहीं है।

रूकी हुई भावनाएं फूट पड़ी। दहाड़ मारकर रोने लगा। मास्टरजी नाश्ता छोड़कर पास आए। मास्टरजी की पत्नी भी भागकर आ गई।

-क्या हुआ अगहनियां? किसीने कुछ किया क्या? क्यों रो रहा है?

अगहनियां-मास्टरजी .....पलाश का वृक्ष काट दिया। जमीन पर पड़ा है।

मास्टरजी-किसने? मगर क्यों?

अगहनियां -नारद काका ने।

मास्टरजी -तुमने मुझे बुलाया क्यों नहीं?

अगहनियां-मैंने उन्हें रोका। बहुत विनती की। पर नहीं माने। आपने कहा था न कि पलाश को पवित्र माना गया है।

मास्टरजी-हाँ बेटा। पर मानव अपवित्र होता जा रहा है। जो स्वयं अपवित्र हो वह दूसरों की पवित्रता का सम्मान कैसे कर सकता है। लालच और स्वार्थ ने हमें अंधा कर दिया है।

मास्टरजी की पत्नी उसे समझाती हैं और सामान्य करने का प्रयास करती हैं।

अगहनियां मास्टरजी की पत्नी से लाल कपड़ा माँगता है। पूछने पर कहता है पूजा करनी है। वह लाल कपड़े का एक टुकड़ा लाकर दे देती हैं।

अगहनियां उठ खड़ा हुआ। मास्टरजी ने टोका-कहाँ जा रहा है?

-कहीं नहीं। कुछ काम निपटाकर आ रहा हूँ।

मास्टरजी के मुँह से अंदर फिर निवाला न उतरा। वह भी दुखी थे।

अगहनियां पलाश के वृक्ष के पास पहुँचता है। एक पतली टहनी उठाता है। उसे लाल कपड़े में लपेटता है। एक नजर मंदिर की तरफ डालकर चल पड़ता है।

अगहनियां सुल्तानगंज गंगा घाट पर पहुँचता है। नहा-धोकर लाल कपड़े में लिपटी हुई पलाश की टहनी को गंगा की धार में प्रवाहित कर देता है। फिर किनारे आकर बैठ जाता है। बहुत देर तक टहनी को जल में बहता हुआ देखता रहता है। भूखा-प्यासा। कब शाम हो गई पता ही नहीं चला। गंगा किनारे साधुओं की टोली डेरा डाले हुए थी। उसमें से एक साधु की नजर उस पर पड़ी। पास आकर उसने पूछ-ताछ शुरू की। अगह. नियां ने सारा वृत्तांत सुनाया और अपने अनाथ होने की बात बताई। साधु ने

अगहनियां को भोजन कराया और अपने साथ रखने की इच्छा जताई। अगहनियां राजी हो गया।

अगले दिन अगहनियां साधुओं की टोली के साथ रवाना हो गया।

इधर गाँव में एक दुर्घटना हो गई। पलाश का वृक्ष काटनेवाले नारद काका आरा मिल में एक दुर्घटना का शिकार हो गए। दुर्घटना में दोनों हाथ गंभीर रूप से जख्मी हो गए। अस्पताल में डॉक्टरों को दोनों हाथ काटना पड़ा।

मास्टरजी की पत्नी यह समाचार मास्टरजी को देती हैं।

मास्टरजी के चेहरे पर दुख मिश्रित मुस्कान तैर जाती है। प्रकृति के इंसाफ के बारे में सोच रहे हैं। प्रकृति अपना बदला अवश्य लेती है।

मास्टरजी को अगहनियां से वास्तव में हमदर्दी थी। उन्होंने अगहनियां का पता लगाने का भरपूर प्रयास किया। परंतु अंधेरे में तीर चलाने से कोई लाभ नहीं होता। अगहनियां किसी को कुछ बताकर नहीं गया था। उसके बारे में सोचकर उन्हें बहुत दुख होता था।

समय बीता बारिश का मौसम आया। एक दिन पूरण मास्टरजी मंदिर के पास से गुजर रहे थे। अचानक उन्हें पलाश के वृक्ष और अगहनियां का स्मरण हो आया। बरबस नदी किनारे बढ़ चले। पलाश के वृक्ष के तने का भूमि से स्पर्श करता हिस्सा अपने पूर्व अस्तित्व का अहसास करा रहा था। परंतु एक अनोखी बात और थी। उसके आस-पास पलाश के ढेरों नन्हे-नन्हे पौधे अस्तित्व ले रहे थे। मास्टरजी की आँखों से आँसू बहने लगे। सोचने लगे अगहनियां यह देखकर कितना खुश होता। जहाँ भी है भगवान उसे खुश रखें।

अधूरी यात्रा

कार्यालय के लिए निकलने में आज दत्त बाबू को देर हो गई। भागते हुए स्टेशन पहुँचते हैं। अप बैरकपुर लोकल प्लेटफॉर्म पर खड़ी थी। हाँफते हुए ट्रेन के डिब्बे में प्रवेश करते हैं। पहले से बैठे हुए चटर्जी दा चुटकी लेते हुए फब्ती कसते हैं-

-आरे दत्तो बाबू आज कि गिन्नी खाबार बानाते देरी करे दिलो ना कि?

(मूल बांग्ला। अनुवाद : अरे दत्त बाबू, आज पत्नी ने खाना बनाने में देर कर दी क्या?)

दत्त बाबू -दूर मोशाय। यार की कोरच्छेन। की भावे ट्रेन धोरेछि जानेन? (हटिए महोदय। मजाक कर रहे हैं। जानते हैं कैसे ट्रेन पकड़ी है?)

महानगरों की लोकल ट्रेनें अपने साथ परिवारों के समूह को लेकर चलती हैं। जहाँ हजारों नौकरीपेशा लोग अपने रोजगार स्थल की ओर कूच करते हैं एवं पुनः थके-थकाए अपने-अपने गंतव्यों की ओर वापस लौटते हैं। उनमें से अधिकतर रोज एक साथ आना जाना करते हैं। जाने-पहचाने। एक आत्मीय जुड़ाव होता है। किसी की अनुपस्थिति उन्हें खलती है। भोजन साझा

करना। राजनीति, धर्म, समाज आदि पर चर्चा। चर्चाएं कभी-कभी तनाव का भी कारण बन जाती हैं। भयंकर तनातनी फिर मेल-मिलाप। चलता रहता है।

दत्त बाबू सियालदह के पास रहते हैं। बैरकपुर में केंद्र सरकार के एक कार्यालय में लिपिक के पद पर तैनात हैं। मूल रूप से पश्चिम बंगाल के ही मुर्शिदाबाद जिले के रहने वाले हैं। यहाँ अपनी पत्नी और एक छः साल की बेटी के साथ रहते हैं। गाँव में उनकी माँ हैं जो छोटे भाई के साथ रहती हैं। पिता का देहाँत हो चुका था।

टॅक-झाल-मिष्टि..... एक बार खाबेन बार-बार खाबार इच्छे होबे......

(खट्टा-तीखा-मीठा......एक बार खाने के बाद बार-बार खाने की इच्छा होगी।)

ट्रेन रूपी परिवार का एक और सदस्य। नाम विकास। मूल रूप से बिहार के नवादा जिले का रहने वाला है। आठवीं पास। ट्रेन के यात्रियों का चिर-परिचित पात्र। वह ट्रेनों में लॅजेंस बेचता है। यात्री हाथों-हाथ उठा लेते हैं। पर आज बहुत दिनों बाद आया है। दत्त बाबू का उससे बहुत लगाव है। उसके लॅजेंस उनकी पत्नी और बच्ची को विशेष पसंद है।

दत्त बाबू : अबे तू इतना दिन कहाँ था?

-दादा गाँव गया हुआ था। छठ पूजा थी न।

एक थैली दत्त बाबू की ओर बढ़ा देता है। दादा, आपका ठेकुआ।

दत्त बाबू -अरे मैं तो भूल ही गया था। बहुत-बहुत धन्यवाद, विकास। माताजी को मेरा प्रणाम बोलना।

दत्त बाबू को ठेकुआ बहुत पसंद है। उनकी पत्नी और बच्ची भी पसंद करती है। विकास से उनकी यह विशेष फरमाईश रहती है। विकास भी उन्हें निराश नहीं करता है। दत्त बाबू भी उसके लिए कुछ न कुछ लाते रहते हैं।

थैली उन्होंने ठीक से पकड़ी भी न थी कि चटर्जी दा ने झपट ली। दो-चार लोग और शामिल हो लिए। दत्त बाबू हतप्रभ से देखते रह गए। बड़ी मुश्किल से विनती कर दो ठेकुआ उन्होंने वापस ली।

दत्त बाबू -और विकास घर में सब कैसे हैं?

-दादा सब ठीक हैं। अच्छी खबर है। मेरी शादी तय हो गई है।

दत्त बाबू -ये तो वाकई बहुत अच्छी खबर है। तूने लड़की देखी है?

-नहीं दादा। मेरी माँ देखकर आई है। मैंने फोटो देखी है। दादा शादी में मेरे गाँव चलना है।

दत्त बाबू -कब शादी है?

-अगले महीने की पच्चीस तारीख को।

दत्त बाबू -मैं जा नहीं पाउंगा। उस समय बेटी की परीक्षाएं चलेंगी। मेरी शुभकामनाएं है।

दत्त बाबू का स्टेशन आ चुका था। उतरने की तैयारी करते हैं।

*****

टॅक-झाल-मिष्टि..... एक बार खाबेन बार-बार खाबार इच्छे होबे......

विकास आता है। दत्त बाबू को उसकी आवाज में वो पहले जैसी खनक नहीं महसूस हो रही है।

देखते हैं। सिर में पट्टी लगी हुई है।

-अरे विकास क्या हो गया? कैसे हुआ?

-दादा सिर फूट गया। कल आर.पी.एफ. के जवान प्लेटफॉर्म से अतिक्रमण हटा रहे थे उसी दौरान अतिक्रमणकारियों ने पथराव शुरू कर दिया। झड़प शुरू हो गई। मैं शांतिपुर लोकल से उतरा ही था कि चपेट में आ गया। जवानों ने बहुत मारा।

दत्त बाबू-पर तुझे क्यूं मारा? तूं तो पथराव नहीं कर रहा था न?

-नहीं दादा। मैं क्यूं करूंगा? मैं ठहरा परदेशी आदमी। किसी तरह परदेश में अपनी रोजी-रोटी का जुगाड़ करता हूँ। दादा जब पुलिस लाठी भांजती है तो वह नहीं देखती कि कौन निर्दोष है और कौन नहीं।

दत्त बाबू को उसके बारे में सोचकर बहुत बुरा लग रहा है। विकास उन्हें लॅजेंस देता है। दत्त बाबू लॅजेंस के अलावा पाँच सौ रूपया अलग से देने की कोशिश करते हैं परंतु विकास नहीं लेता है। गरीब भले ही है परंतु स्वाभिमानी है।

समय बीतता रहा। विकास कई सप्ताह से नहीं आ रहा है। अपनी शादी के लिए अपने गाँव गया हुआ है। दत्त बाबू और अन्य यात्री उसके बारे में चर्चा करते हैं। उसकी कमी महसूस होती है।

*****

टॅक-झाल-मिष्टि..... एक बार खाबेन बार-बार खाबार इच्छे होबे......

विकास गाँव से लौट आया है। दत्त बाबू बहुत खुश होते हैं। बधाईयों का तांता लग गया। विकास अभिभूत है। पत्नी के बारे में पूछ-ताछ होती है। सभी उसे छेड़ रहे हैं और बदले में वह झेंप रहा है।

समय बीतता रहाँ

विकास फिर पंद्रह दिनों से गायब है। दत्त बाबू अन्य हॉकरों से पूछ-ताछ करते हैं परंतु सब उसकी अनुपस्थिति के कारण से अनभिज्ञ हैं। किसी ने देखा भी नहीं है। दत्त बाबू को उसकी चिंता होने लगती है।

दत्त बाबू अपनी पत्नी और बच्ची के साथ उत्तराखंड की पहाड़ियों पर घूमने निकल गए। पत्नी बहुत जिद कर रही थी।

पूरे एक सप्ताह बाद वापस लौटे।

वही रूटीन। बैरकपुर लोकल का डिब्बा। विकास का इंतजार कर रहे हैं। पर वह ट्रेन में नहीं चढ़ता है। ट्रेन में अपने सहयात्रियों से उसके बारे में पूछ-ताछ करते हैं। पता चला उनके रहते ही जो गायब था सो अभी तक नहीं आया है। दत्त बाबू को कुछ अनहोनी की आशंका होने लगी।

तीन दिनों बाद वही चिर परिचित स्वर सुनाई दिया।

टॅक-झाल-मिष्टि..... एक बार खाबेन बार-बार खाबार इच्छे होबे.... ..दत्त बाबू ने सुकून महसूस किया। परंतु विकास बदला-बदला सा दिख रहा था। हँसमुख और मिलनसार युवक मुरझाया दिख रहा था। आँखों के नीचे काले धब्बे। सिर मुंडा हुआ था। मरियल जैसी काया।

-प्रणाम दादा। कैसे हैं?

-पहले तुम बताओ कैसे हो? ऐसा हाल क्यों बना रखा है? दत्त बाबू ने पूछा।

विकास बैठ गया। आँखों से आँसू झर रहे थे। सब अवाक् थे।

-दादा सब खत्म हो गया। मेरी माँ गुजर गई।

दत्त बाबू -ये तो बहुत दुखद खबर है। क्या हुआ था उन्हें?

विकास -कुछ नहीं। अच्छी भली थी। अचानक पेट दर्द की शिकायत की थी। अस्पताल ले जाते वक्त रास्ते में ही उसने दम तोड़ दिया।

वहाँ सन्नाटा छा जाता है। सब उसके दुख से दुखी थे। कुछ समय खामोशी छायी रहती है। दत्त बाबू खामोशी को तोड़ते हैं।

-देखो विकास, उनका साथ इतने दिनों तक का ही था। सबको एक दिन जाना होता है। अभी पूरी जिंदगी पड़ी है। माँ का स्थान कोई नहीं ले सकता है। फिर भी हिम्मत रखो। पैसों की जरूरत हो तो बताना।

-धन्यवाद दादा। पैसों की जरूरत तो अभी नहीं है। माँ का साथ इतने दिनों का ही था। परंतु एक अपराध-बोध मुझे खाए जा रही है। मैं अपने आप को माफ नहीं कर पा रहा हूँ। ग्लानि हो रही है।

-परंतु एक अपराध बोध? कैसा अपराध बोध?

-दादा, मेरी माँ कृष्ण की उपासक थी। उनकी इच्छा मथुरा, वृंदावन और द्वारका की तीर्थ-यात्रा की थी। उसने यह इच्छा मेरे सामने कई बार जाहिर की थी। पिता का देहाँत मेरे बचपन में ही हो गया था। बहुत कष्टों से उसने मुझे पाला-पोसा। उसके कष्टों को देखकर ही मुझे मजबूरन पढ़ाई बीच में ही छोड़नी पड़ी और घर की जिम्मेदारी लेनी पड़ी।

-यदि तुम्हे पैसों की जरूरत थी तो मुझे बोलता। बाद में लौटा देता परंतु उनकी इच्छा पूरी कर देनी चाहिए थी। -दत्त बाबू कहते हैं।

-बहुत कष्ट से मैंने पाई-पाई जोड़कर कुछ पैसे इकट्ठे किए थे। कुछ शादी में खर्च हो गए। कुछ बचे थे। सोचा था कुछ और जमा कर लूंगा फिर उनकी इच्छा पूरी कर दूंगा। परंतु पत्नी ने एक महंगे फोन की माँग की थी। सो सारे पैसे खर्च हो गए और कुछ उधारी भी हो गई। भाग्य ने मुझे मौका नहीं दिया।

दत्त बाबू को बहुत दुख हो रहा था। उन्हें विकास के ऊपर क्रोध भी आ रहा था। पत्नी के लिए स्मार्ट फोन क्या माँ की इच्छा से अधिक जरूरी था? फोन के बिना कुछ दिन काम तो चल सकता था। पत्नी तो साथ रहेगी ही परंतु बूढ़े माँ-बाप? उनका क्या भरोसा? पर विकास की भी गलती तो नहीं है। उसे थोड़े ही पता था कि नियति उसे मौका नहीं देगी। यदि मालूम होती तो वह अवश्य पहले अपनी माँ की इच्छा को पूरी करता। जो हो बहुत बुरा हुआ। परंतु मुझे क्यों बेचैनी सी महसूस हो रही है?

-आरे दत्त बाबू कोथाय हारिए गेलेन? एबार कि कारशेडे जावेन ना कि? नामून। (अरे दत्त बाबू कहाँ खो गए? अब क्या कारशेड जाएंगे क्या? उतरिए।) चटर्जी दा ने उन्हें झकझोरा तो उनका ध्यान भग्न हुआ। देखा ट्रेन बैरकपुर स्टेशन पर खड़ी थी। सभी यात्री उतर चुके थे। विकास भी नहीं था।

दत्त बाबू भारी मन से चलते हुए अपने कार्यालय पहुँचते हैं। कुछ अच्छा

नहीं लग रहा है। विकास जैसी परिस्थिति उनकी भी तो है। विवाह के पहले हर सप्ताह अपने गाँव माँ से मिलने जाया करते थे। उन्हें भी तो उनके माँ ने कितने लाड़-प्यार से पाला था। परंतु विवाह के बाद तो जैसे प्राथमिकताएं बदल गईं। उनकी पत्नी को गाँव में रहना पसंद नहीं था। एकाध बार माँ कोलकाता उनके पास आई भी थी तो उनकी पत्नी के रूखे व्यवहार के कारण वापस चली गईं थी। उनकी पत्नी बात-बात पर डांट-डपट किया करती थी। पति की अनुपस्थिति में कटु व्यवहार में कई गुणा वृद्धि हो जाती थी। दत्त बाबू अपनी पत्नी को मना तक नहीं करते थे।

पहले साल-छः महीने में अपने गाँव माँ से मिलने जाया भी करते थे। परंतु पत्नी के टोक-टाक के कारण वह भी बंद कर दिया था। पिछले तीन वर्षों से उन्होंने अपनी माँ की शक्ल तक नहीं देखी थी। सिर्फ कभी-कभार फोन पर ही बात कर लिया करते थे।

न जाने आज भावनाएं क्यों उबाल मार रही हैं? कितना अन्याय कर रहा हूँ। वह भी तो कितनी धार्मिक प्रवृत्ति की हैं। उन्हें भी तो तीर्थ-यात्राएं करानी हैं। मेरे सुख के लिए उन्होंने कितनी तकलीफें झेली और जब उन्हें सुख देने की बारी आई तो मैंने मुँह मोड़ लिया। कहीं विकास की माता की तरह......................। नहीं अब नहीं।

दत्त बाबू झटके से उठते हैं और छुट्टी का आवेदन भरकर जमा कर देते हैं। उनके अधिकारी पूछते हैं -दत्त बाबू सब ठीक है न?

-हाँ सर। सब ठीक है। प्लीज सर, मेरी छुट्टी मंजूर कर दिजीए।

दत्त बाबू आज सवेरे घर पहुँच चुके हैं। पत्नी पानी लेकर आती है।

-आज इतनी जल्दी चले आए? तबीयत ठीक है न?

-हमलोग कल मुर्शिदाबाद चलेंगे। इंटर सिटी एक्सप्रेस से। -दत्त बाबू ने अपना फैसला सुना दिया।

-तुम तो जानते हो मुझे वहाँ जाने में कोई इंटरेस्ट नहीं है।

-पर मुझे है। चलना है तो चलो वरना यहीं रहो। दत्त बाबू गरजे।

उनकी पत्नी ने उनका ऐसा रूप पहली बार देखा था। चुपचाप वहाँ से हट गई। दत्त बाबू का चित्त प्रसन्न हो रहा था। बचपन की यादों में खो गए। माँ के सानिध्य में बिताए गए क्षण बार-बार मन मस्तिष्क में उभर रहे थे।

एक-एक पल भारी पड़ रहा था। किसी तरह रात काटी। पत्नी ने रात में ही सामान समेट लिया था। सुबह स्टेशन पहुँच गए। वही स्टेशन जहाँ से सुबह यात्रा की शुरूआत होती है और रात को वहीं खत्म होती है। उनके जैसे हजारो, लाखों लोग जो महानगरों में रेलवे को अपने जीवन का अभिन्न अंग मानते हैं। यह क्रम सिर्फ छुट्टियों के दिनों में ही टूटता है।

चटर्जी दा को माँ से मिलने की खुशी नहीं बल्कि खोई हुई माँ को पाने की खुशी का अहसास हो रहा था।

ट्रेन उनकी जिंदगी की सहभागी थी। वह उन्हें कैसे छोड़ सकती थी। उनकी संगिनी उन्हें लेकर अधूरी यात्रा को पूरी करने निकल गई।

आंदोलन

सुबह से ही स्टेशन की पास वाली झुग्गी में कोलाहल मचा हुआ है। कल झुग्गी को तोड़ा जाएगा। सरकारी जमीन पर बसी है। प्रशासन द्वारा लाउडस्पीकर पर झुग्गीवासियों को अपने-अपने सामान आदि अन्यत्र ले जाने की घोषणा की जा रही है।

दशकों से बसी इस झुग्गी में रोजगार की तलाश में दूर-दराज के क्षेत्रों एवं अन्य राज्यों से आए प्रवासी परिवारों का बसेरा था। बसा-बसाया आशियाना उजड़ने वाला है। सबसे परेशान मंगलू काका है। शहर के बाहरी इलाके में दो मंजिला अपना मकान है जो उन्होंने किराये पर लगा रखी है और यहाँ सपरिवार झुग्गी में डेरा जमा रखा है।

मंगलू काका -यह सरासर अन्याय है। हम कहाँ जाएंगे?

कैलू -छोटे-छोटे बच्चे बिल-बिला जाएंगे। इतनी निष्ठुरता। जरा भी दया-माया नहीं है।

बच्चे बड़ों की बातों का समझने की कोशिश कर रहे हैं। कुछ समझ में आ रहा है कि अब हमारा ठिकाना उजड़ने वाला है। कुछ अपने खिलौने

समेटने में लगे हैं।

सबसे ज्यादा परेशान जगन्नाथ है। अभी पंद्रह दिन ही तो हुए हैं अपनी पत्नी और छः माह के पुत्र को लाए हुए। बीस हजार रूपए में खोली खरीदी थी। पत्नी के कुछ गहने थे उन्हें बेच दिए थे।

जगन्नाथ अपनी पत्नी से-कहाँ जाएंगे? किराए पर घर लेने लायक पैसे नहीं मिलते हैं।

पत्नी -काहे परेशान होते हो। हमें घर पहुँचा दो। अकेले में तुम कहीं भी गुजारा कर लोगे।

जगन्नाथ-सही कहती हो। कहीं और व्यवस्था करने के बाद तुम लोगों को वापस लेता आऊँगा।

दोनों निश्चय करते हैं कि रात तक सामान वगैरह बांधकर सुबह तड़के निकल जाएंगे।

शाम को कुछ समझदार किस्म के झुग्गीवासी निश्चय करते हैं कि चलकर नेताजी से मिला जाए। वह जरूर कुछ समाधान निकाल देंगे। लोगों के झुण्ड में जगन्नाथ भी शामिल हो गया है। तड़के निकलने का प्लान कैंसिल। आशा की किरण अब केवल नेताजी ही हैं।

नेताजी घर पर किसी बैठक में व्यस्त थे। काफी देर इंतजार करने के बाद वो बाहर आए। मंगलू काका ने बहुत दमदार तरीके से आन पड़ी समस्या को रखा।

नेताजी -बहुत मुश्किल है। मैं कुछ नहीं कर सकता हूँ।

मंगलू काका-हुजूर हम आपको वोट देते आएं हैं। आपका भी हमारे प्रति कुछ फर्ज तो बनता ही है।

नेताजी -कौन हम झुग्गीवालों के वोट से ही जीतते हैं। वैसे भी वह सरकारी जमीन है। इतने दिनों कहीं किराए पर रहते तो कितने रूपए फूका गए होते।

जमील अंसारी-पूरा जंगल था। लोग दिन में भी जाने से डरते थे। हमनें खून-पसीने से उसे रहने लायक बनाया। अब हमे उजाड़ा जा रहा है।

जगन्नाथ को नेताजी की बातें अच्छी नहीं लग रही थी। मंगलू काका आपे से बाहर हो रहे थे पर बड़ी मुश्किल से संभाले हुए थे। जब-जब चुनाव आता है तो यही नेताजी हाथ जोड़े झुग्गीवालों के पास पहुँचते हैं। ज्यादातर लोगों को तो इन्होंने ही बसाया है वोट के लालच में। झुग्गीवाले उनके हर जायज-नाजायज कार्यों को करने के लिए उनके पीछे हमेशा तैयार खड़े रहते हैं। और आज कहते हैं हम कुछ नहीं कर सकते।

नेताजी-मैं कुछ नहीं कर सकता हूँ। आप लोग समय रहते अपना सामान बांध लिजीए। मुझे मीटिंग में जाना है। चलता हूँ।

नेताजी की गाड़ी धूल उड़ाती हुई आँखों से ओझल हो जाती है।

सभी मायूस लौट आते हैं। झुग्गी लौटने पर लोगों की भीड़ उन्हें घेर लेती है। प्रश्नों की बौछार लग जाती है। मंगलू काका विस्तार से सुनाते हैं। उदासी छा जाती है। आक्रोश फूट रहा है। सहसा आवाज गूँजती है।

-हम बिल्कुल नहीं जाएंगे।

सभी की गर्दन वापस मुड़ती हैं। जगन्नाथ था। जगन्नाथ की पत्नी शर्ट पकड़कर खींचती है।

-लगता है दिमाग में किसी कीड़े ने काट लिया है। ज्यादा हीरो बनने की जरूरत नहीं है। हम कल सुबह यहाँ से चले जाएंगे।

जगन्नाथ अपनी पत्नी को झटक देता है। उसका चेहरा क्रोध से तमतमा रहा है। लगता है शनिचर सवार हो गया है।

जगन्नाथ -हम कहीं नहीं जाएंगे। हमें बसने से पहले क्यों नहीं रोका गया? क्या उस वक्त यह जमीन सरकारी नहीं थी? क्या प्रशासन कुंभकर्ण की नींद सो रहा था? आज यहाँ हमारा आशियाना है। घर-परिवार, हमारे बच्चे और हमारी भावनाएं। आज सबको कुचलकर हमें यह जगह खाली करने को

कहा जा रहा है। वैकल्पिक व्यवस्था होने तक हम कहीं नहीं जाएंगे।

भीड़ शांति से जगन्नाथ की बातों को सुन रही है।

जगन्नाथ -हम साधारण इंसान नहीं हैं। हमारे मेहनती हाथों से शहरों के अमीरों के बंगले खड़े हैं। हमारी बदौलत वो अपनी संभ्रांतता का परिचय देते नहीं थकते। हमारे मेहनती हाथों से फैक्ट्रियों की चिमनियां धुआं और माल उगलती हैं। शहरों की चमक-दमक हमारे बदौलत है। हम गलीज और गंदी जिंदगी जीने को क्यों विवश हैं? हमें इतना निकृष्ट क्यों समझा जाता है? हमारे लिए कोई तभी क्यों सोचता है जब वोट लेना होता है? हमारी सुध कोई क्यों नहीं लेता है?

भीड़ मंत्रमुग्ध है। मायूसी की जगह नई ऊर्जा का संचार हो रहा है।

जगन्नाथ -हम ऐसी गंदी और गलीज जगहों पर रहने के लिए किनके कारण विवश हैं? अगर हमें हमारे गाँवों में रोजगार के साधन और अच्छी सुविधाएं मुहैया कराई जाए तो क्यों इस नारकीय वातावरण में रहें? मैं यह नहीं कहता हूँ कि हमें कानून तोड़ना चाहिए या सरकारी जमीन को अतिक्रमित किया जाना चाहिए। बल्कि ऐसी परिस्थितियां ही क्यों उत्पन्न की जाती हैं?

भीड़ जगन्नाथ में इस समस्या से निजात दिलानेवाला मसीहा देख रही है। भीड़ जगन्नाथ का जयकारा लगाने लगती है। सबने मन ही मन उसे अपना नेता मान लिया है। जगन्नाथ ने सबको आंदोलन के लिए तैयार रहने को कहा है।

*****

सुबह-सुबह भारी पुलिस बल तैनात की गई है। जे.सी.बी. मशीनों और ट्रकों के साथ प्रशासन पूरी तरह से मुस्तैद है। चेतावनी पर चेतावनी दी जा रही है।

जगन्नाथ अपनी झोपड़ी से निकलता है। पंद्रह-बीस लोग पीछे लग जाते हैं। वह सीधा एस.डी.एम. साहब के पास पहुँचता है।

जगन्नाथ –सर, हम आपको अपना घर नहीं तोड़ने देंगे।

एस.डी.एम. –अभी भी समय है। आपलोग अपना सामान निकाल लीजिए। मैं मोहलत दे सकता हूँ। यह सरकारी जमीन है और आपलोगों ने इसे अतिक्रमित किया हुआ है। हमारे पास आदेश है। सरकारी कार्य में व्यवधान न डालें।

जगन्नाथ –बिना वैकल्पिक व्यवस्था के हम झुग्गी खाली नहीं करेंगे। चाहे जो हो जाए। हम अपनी लाश बिछा देंगे।

एस.डी.एम. साहब कुछ नहीं सुनते हैं। जे.सी.बी. चालकों को झोपड़ियां तोड़ने का आदेश दे देते हैं। अफरातफरी मच जाती है। जगन्नाथ एक जे.सी.बी. के आगे लेट जाता है। देखा-देखी कई और लोग ऐसा करते हैं। कार्रवाई में व्यवधान हो जाता है।

एस.डी.एम. साहब फिर समझाने का प्रयास करते हैं पर बात नहीं बनती है। जगन्नाथ कुछ भी सुनने को तैयार नहीं है।

एस.डी.एम. साहब का पारा चढ़ जाता है।

–मारो साले को। बड़ा नेता बना है। खूब कूटो।

सटाक......सटाक........मार साले को.......हेंह.....छोड़ना नहीं... बड़ा नेता बना है..........अरे माई रे..........अब नहीं.........

जगन्नाथ की जमकर कुटाई हो रही है। उसके साथियों को भी दौड़ा-दौड़ाकर मारा जा रहा है। अपने नेता को पीटते देख दूर से तमाशा देख रही झुग्गीवासियों की भीड़ हिंसक हो गई। पुलिस पर पथराव होने लगा। एस.डी.एम. साहब के सिर पर पत्थर लग गया। खून बहने लगा। कुछ पुलिसवाले आनन-फानन उन्हें लेकर अस्पताल की ओर भागे। अतिक्रमण हटाने की कार्रवाई बंद हो गई। कई पुलिसवाले और झुग्गी के लोग घायल पड़े कराह रहे हैं।

जगन्नाथ मार खाकर गिर पड़ा है। आँखों के आगे सब-कुछ धुंधला

दिख रहा है। पत्नी और पुत्र का चेहरा बार-बार सामने घूम रहा हैं। मन में उद्वेग हिलोरें मार रहा है। बहुत मारा है निष्ठुरों ने। जरा भी दया नहीं आई। आँखें खुलती हैं फिर बंद हो जाती हैं। एक-एक इंच शरीर का चटक रहा है। लगता है आज न बचूंगा।

मीडियावाले पहुँच जाते हैं। मार खाए लोगों का इंटरव्यू हो रहा है।

एक मीडियाकर्मी जगन्नाथ के समीप कैमरा लेकर पहुँचता है।

मीडियाकर्मी जगन्नाथ से-लाठीचार्ज के वक्त आप क्या कर रहे थे? अभी कितनी तकलीफ हो रही है? कहाँ-कहाँ मारा है?

जगन्नाथ आँखे खोलता है पर बंद हो जाती हैं।

मीडियाकर्मी -आपको बहुत ज्यादा चोटें आईं हैं। चिंता न करें आपके साथ पूरा सभ्य समाज खड़ा है। पूरा देश आपको देख रहा है। आप देशवासियों को कुछ संदेश देना चाहेंगे।

जगन्नाथ कुछ कहने की स्थिति में नहीं है। बस एक ही इच्छा है। कोई उसे सिर्फ अस्पताल पहुँचा दे। किसी तरह जान बच जाए। दुबारा ऐसी बेवकूफी नहीं करेगा।

मीडियाकर्मी -ये देखिए पुलिस का खौफनाक चेहरा। चारों तरफ दहशत का माहौल है। लोग डर से घरों में दुबके हुए हैं। पुलिस के डर से कोई कुछ बोलने को तैयार नहीं है। हम आपको अगली अपडेट देते रहेंगे। कैमरामैन सत्येंद्र के साथ मैं मनोज कुमार अवस्थी।

पास ही घायल पुलिस वाला पड़ा-पड़ा कराह रहा है। सोच रहा है शायद ड्यूटी करने की उसे सजा मिली है। ईमान्दारी पूर्वक ड्यूटी करने पर भी सजा न करने पर भी।

सायरन बजाती एम्बुलेंसों की आवाज से वातावरण गूँज रहा है। घायलों को अस्पताल ले जाया जा रहा है। वही नेताजी पहुँचे हुए हैं। वह जगन्नाथ को सहारा देकर खड़ा करते हैं। उसे एम्बुलेंस में लादा गया। जगन्नाथ को

होश आता है और फिर आँखें बंद हो जाती हैं।

एम्बुलेंस के जाने के बाद वही नेताजी मुख्य सड़क को अपने समर्थकों के साथ जाम कर देते हैं। नारेबाजी हो रही है।

नेताजी मीडिया के सामने मुखातिब हैं -जगन्नाथ हमारी पार्टी का कर्मठ कार्यकर्ता है। जिस दरिंदगी से उस पर और हमारे अन्य कार्यकर्ताओं पर बल प्रयोग किया गया है वह निंदनीय है। हमारे कार्यकर्ताओं पर सत्ताधारी दल के द्वारा जो दमन चक्र चलाया जा रहा है वह कभी सफल नहीं होगा। जनता चुनाव में इसका बदला लेगी। कार्रवाई में शामिल पुलिसवालों पर कड़ी से कड़ी कार्रवाई होनी चाहिए। एस.डी.एम. को बर्खास्त किया जाए। हमारी सरकार सत्ता में आने पर हम सभी अतिक्रमित जमीनों का मालिकाना हक वहाँ बसे लोगों को देंगे। इसके लिए कानून लाया जाएगा।

उनके समर्थक अपने नेता की बात पर तालियां बजाते हैं। नारे लगाते हैं।

पर बस्ती वाले सशंकित हैं। उन्हें भरोसा नहीं है। बकरे की माँ कितने दिनों तक खैर मनाएगी।

*****

नेताजी पूरी मीडिया में छाए हुए हैं। खबर फैलाई जा रही है किस तरह उन्होंने विरोध का मोर्चा खोला हुआ है। मौके पर पहुँचकर उन्होंने किस तरह घायलों के इलाज की व्यवस्था करवाई।

उधर जगन्नाथ अस्पताल में भर्ती है। पत्नी का रो-रोकर बुरा हाल है।

बार-बार ताने मार रही है। मना किया था पर बड़े हीरो बनने चले थे। लो अब भुगतो। वो तो भला हो नेताजी का कि अस्पताल में इलाज की व्यवस्था करवा दिए नहीं तो पता नहीं क्या होता? बीस हजार रूपए भी दिए हैं। अब हम यहाँ नहीं रहेंगे। घर चले जाएंगे।

उधर सुनने में आया है कि हाई कमान नेताजी से बहुत खुश हैं। मिलने

को भी बुलाया है।

पर जगन्नाथ ! ...ऐसे बेचारे हमारे देश में लाखों-करोड़ों हैं ....

कर्फ्यू

स्टेशन के सामने की गली में सरस्वती भवन स्थित है। इस भवन में आस-पास के जिलों के छात्र रहते हैं। अधिकतर प्रतियोगी परीक्षाओं की तैयारी में लगे हुए हैं। उन्हीं में से एक कमरे में चार छात्र रहते हैं। महेन्द्र, सोमेश, योगेश और रंजीत। महेन्द्र और सोमेश के पिता किसान हैं। दोनों दूर के रिश्तेदार लगते हैं। योगेश महेन्द्र का कॉलेज के दिनों का मित्र है। वहीं रंजीत से तीनों की मित्रता एक बुक स्टाल पर हुई थी। सभी एक कमरे को साझा कर रहे हैं।

एक शाम महेन्द्र हाँफता हुआ कमरे में घुसा।

सभी मित्र सशंकित हो उठे।

अरे क्या हो गया? क्यों जान देने पर तुला है। कान खुजाते हुए योगेश पूछता है।

अरे शहर में दंगा हो गया है। दो लोगों के आपसी मामूली विवाद ने सांप्रदायिक रंग ले लिया है। दुकानदारों ने भय से अपने-अपने शटर गिरा लिए हैं। पूरा बाजार बंद हो रहा है। महेन्द्र ने जवाब दिया।

योगेश -न जाने कब हम इन सब से मुक्त होंगे। अब दो-चार नेता आएंगे दोनों ओर से नारेबाजी और उसकावे की हरकते होंगी। फिर पूरा शहर जलेगा। दंगा-फसाद....खून-खराबा कर्फ्यू।

रंजीत -यार ये कर्फ्यू मेरी समझ में नहीं आता। लगे तो देखूं कि कैसी होती है।

सोमेश -तू रहने दे। ज्यादा दिमाग पर जोर मत डाल। नसें फट जाएंगी।

सब खिलखिलाकर हंस पड़ते हैं। रंजीत जल-भुन जाता है।

*****

पुलिस माहौल को नियंत्रित करने में असफल हो जाती है। शहर में कर्फ्यू लगा दी गई। लाउडस्पीकरों पर घरों में ही रहने का अनाउंस किया जाने लगा। रंजीत की कर्फ्यू देखने की इच्छा पूरी हो रही थी। सुबह से ही बाहर निकलने को बेचैन था। बाहर जाने लगा। महेंद्र ने मना किया।

-बस यहीं चौक से लौटकर आ जाऊंगा।

महेंद्र-स्थिति ठीक नहीं है। क्यूं मुसीबत मोल लेने पर उतारू है?

रंजीत-भाई मेरे, बस देखकर आता हूँ कर्फ्यू कैसी होती है। तुरंत आ जाउंगा।

सभी ने रोकने की कोशिश की परंतु रंजीत अड़ गया।

बाहर गली की तरफ निकला। कुछ कदम चला ही था कि सामने से सुरक्षा बल जिप्सी में सवार आते दिखे। गली में दो-तीन लोग अपने घरों के सामने खड़े थे। भागकर छुप गए। उनकी देखा-देखी रंजीत भी भागकर छुप गया। जिप्सी गुजर गई।

रंजीत फिर निकला और चौक की तरफ बढ़ने लगा। मोड़ की तरफ पहुँचने ही वाला था कि पीछे से आवाज आई।

-ऐ लड़का! रूको।

पीछे मुड़कर देखा तो दो जवान उसकी ओर आ रहे थे। वह डर गया। इधर-उधर देखा परंतु छुपने की जगह नजर नहीं आ रही थी। सीधा भागा।

दरअसल रंजीत को लगा था कि गली में जो सुरक्षा बल के जवान दिखे थे वो दूसरी ओर निकल गए थे और अब वापस नहीं आने वाले। इसलिए निश्चिंत चला जा रहा था। परंतु यहाँ तो सोच के विपरीत हो गया। वे पीछे से आ धमके।

रंजीत जान बचाने भागा जा रहा था। आगे-आगे रंजीत पीछे सुरक्षा बल के दो जवान। सीधी सड़क पर छिपने की जगह दिखाई नहीं दे रही थी। पीठ पर सटाक से लाठी का वार हुआ। चोट से रंजीत तिलमिला गया। और तेज भागने लगा। आगे घोष बाबू की गोशाला नजर आई। घुस गया। पीछे से जवान भी आ धमके। लाठियों की बरसात होने लगी। गोबर और कीचड़ में रंजीत की लिटा-लिटाकर धुलाई हो रही थी।

-अरे बाप रे ! अब नहीं ! अरे सिपाहीजी .... मैं तो....... मैं तो..... एक स्टूडेंट हूँ....... कर्फ्यू कभी नहीं देखी थी .....सो देखने निकला था .... अब नहीं...... माफ कर दो।

-झूठ बोलता है। दंगा करने निकला है बदमाश। मारो साले को.......

जिप्सी भी आ पहुँची थी। तीन जवान और सवार थे। रंजीत को लगा आज जान न बच पाएगी।

सटाक......सटाक.... अब नहीं... मैं झूठ नहीं बोल रहा हूँ...... यहीं स्टेशन की सामने की गली में सरस्वती भवन में अपने दोस्तों के साथ रहता हूँ और पढ़ाई करता हूँ।

एक जवान -रूक जाओ। मारो मत। चलो वहीं चलकर पता करते हैं।

दूसरा जवान -नहीं। दंगाई है .... कमीने की शकल बता रही है। पकड़कर ले चलते हैं। भागा क्यों?

रंजीत -सर डर गया था। मेरे दोस्तों ने मना किया था। अरे बाप रे..............अब नहीं...........

पहला जवान -छोड़ दो। वहाँ चलकर पूछताछ करते हैं।

दूसरा जवान-चलऽ साले। अगर झूठ निकला न तऽ आज तोहरा मार के मुआ देंगे। चल बैठ गाड़ी में अउर रास्ता बता।

रंजीत को पकड़कर गाड़ी में बिठाया जाता है।

सरस्वती भवन के सामने जिप्सी रूकती है। कुछ लड़के बरामदे में बैठे थे। जवानों को देखते ही भागकर अपने-अपने कमरों में दुबक गए। जवान रंजीत को पकड़कर उतारते हैं। कपड़े गोबर से सने हुए हैं। फफक-फफक कर रो रहा है।

-बताओ कौन-सा कमरा है।

-सर, ५४ नं. कमरा। सामने बाईं तरफ।

एक सिपाही कमरे की कुंडी ठकठकाता है। अंदर सबको लगा रंजीत लौट आया है। सोमेश ने दरवाजा खोला। देखता है सामने गोबर और कीचड़ से सना रंजीत खड़ा है। बदबू फैली हुई है। पीछे दो जवान खड़े हैं। योगेश नीचे बैठा था। उसे जवान नहीं दिखे। रंजीत की हालत देखकर उसकी हंसी छूट गई।

-आ गया कर्फ्यू देखकर। लगता है पूरी तैयारी के साथ धोया गया है। और ये सुगंधित द्रव्य का लेपन किस खुशी में किया गया है?

-ये क्या तुम लोगों के साथ रहता है?

-जी सर। हमारा मित्र है। हम लोग छात्र हैं।

-चारों इसी कमरे में रहते हो?

-जी हाँ सर। महेंन्द्र ने जवाब दिया।

-परंतु सर, इसने किया क्या था? योगेश ने पूछा।

-शहर में कर्फ्यू है। बाहर निकलने की मनाही है और यह महाशय टहल रहे थे। हमने आवाज दी तो भागने लगा। -एक जवान ने कहा।

-आज तूं बच गईलऽ...... ना तऽ आजे तोहरा के बुझा गईल रहति।

-अभी कोई बाहर नहीं निकलना।

-जी सर। नहीं निकलेंगे।

जवान चले गए। रंजीत वहीं फर्श पर बैठ गया। दहाड़ मारकर रोने लगा। आस-पास के कमरों से लड़के बाहर निकलने लगे। सभी उसे सांत्वना दे रहे थे। उसके तीनों मित्रों की हंसी दबाए नहीं दब रही थी।

दूसरा भाई

अपने मम्मी-पापा और दादा-दादी को दुलारा चार साल का बालक रौनक आज खुशी से फूला नहीं समा रहा कारण कि उसकी मम्मी अस्पताल में कई दिनों से भर्ती थी। पापा ने बताया है कि आज मम्मी घर आ रही है साथ ही उसका नन्हा-सा भाई भी आ रहा है। पापा ने यह भी बताया है कि वह उसे भैया कहकर बुलाया करेगा। भैया शब्द ने रौनक के मन में एक भारी जिम्मेदारी का अहसास करा दिया है। बाल सुलभ मन नन्ही जान के लिए उतावला है।

सुबह दादी ने जो चॉकलेट दी थी उसने आधी ही खाई है। आधी फ्रिज में रखी हुई है। नन्हा भाई अस्पताल से भूखा आएगा उसे खिलाना है। पुराने खिलौने अलग समेटकर रख दी है। अपनी सायकिल भी साफ करके रख दी है। भाई को शाम को घूमाने ले जाना है। मुहल्ले के दोस्तों से भी मिलवाना है। इन्ही व्यस्तता भरे माहौल में रौनक कब नींद की आगोश में चला गया पता ही नहीं चला।

एकाध घंटे बाद घर के सामने टैक्सी आकर रूकती है। दादी रौनक

को उठाती है। रौनक भागकर दरवाजे पर पहुँच जाता है। उसके मम्मी-पापा नन्हे बच्चे को लेकर उतरते हैं। रौनक दौड़कर अपनी माँ के पैरों से चिपट जाता है।

रौनक-मम्मी, भाई को दिखाओ ना।

मम्मी-अभी नहीं। पहले घर के अंदर चलो।

घर के अंदर पहुँचने पर मम्मी रौनक को उसके नन्हे भाई का दर्शन करवाती है। रौनक बहुत खुश है। कितना प्यारा बच्चा है। छोटे-छोटे हाथ। छोटे-छोटे पैर। पूरा सॉफ्ट-सॉफ्ट। मैं इसे किसी को नहीं दूंगा। भागकर फ्रिज से आधी चॉकलेट उठा लाता है।

मम्मी मुझे बाबू को चॉकलेट खिलानी है। भूखा होगा।

मम्मी-नहीं बेटा। बाबू के अभी दांत नहीं निकले हैं। अभी वह केवल दूध पिएगा।

रौनक-पर मेरे तो पूरे दांत हैं। फिर चॉकलेट रख देता हूँ। जब दांत निकलेंगे तो बाबू को खिलाउंगा।

मम्मी -बाबू को दांत निकलने में बहुत समय लगेगा। तब तक तुम्हारा चॉकलेट खराब हो जाएगा।

रौनक बाबू को निहार रहा है। कभी उसके कोमल हाथों को छूता है। कभी पैरों को सहलाता है। अपने दोस्तों के साथ खेलने भी नहीं गया। वह अपना पूरा वक्त बाबू के साथ ही बिताना चाहता था।

अगले दिन सुबह स्कूल जाने का मन नहीं हो रहा था। बहाने और रोना-गाना शुरू। सभी समझा रहे थे पर कोई असर नहीं। पापा ने किसी तरह बहला-फुसलाकर स्कूल के लिए तैयार किया। स्कूल पहुँचने पर रौनक एक सांस में अपने सभी दोस्तों को अपने नन्हे भाई की आने की सूचना दे देता है। आज उसका मन पढ़ाई में नहीं लग रहा है। ध्यान घर पर ही लगा हुआ है। न जाने बाबू कैसा होगा।

घर लौटने पर वह अपना अधिकांश समय नन्हे मेहमान के पास ही बीताता था। तरह-तरह की हरकतों से बच्चे का ध्यान अपनी ओर आकृष्ट करने का प्रयास करता। परंतु बच्चा अपनी दुनिया में ही रमा हुआ था। रौनक अब रोज स्कूल जाने में आना-कानी करने लगा था। डांट भी पड़नी शुरू हो गई थी जो कि उसके लिए बिल्कुल ही नई बात थी। दुलारा होने के कारण पहले डांट-डपट शायद ही होती थी।

एक दिन बच्चा कमरे में था। रौनक पास ही बैठा खेल रहा था। घर के सभी सदस्य किसी न किसी कार्य में व्यस्त थे। बच्चा अचानक रोने लगता है। रौनक चुप कराने के उद्धेश्य से उसे अपनी गोद में उठाना चाहता है। पर नन्ही जान को उठाने में दिक्कत हो रही है। रोने की आवाज सुनकर पापा कमरे में आते हैं। रौनक को बच्चे को उठाता देखते हैं तो नाराज हो जाते हैं। उन्हें लगता है कि उसके तंग करने के कारण ही बच्चा रो रहा है। जोर से डांटते हैं। रौनक रोनी सूरत बनाकर कोने में बैठ गया।

नन्हे बच्चे के आगमन ने रौनक के जीवन में बहुत प्रभाव डाला है। जिस डांट-डपट और दुत्कार से वह अनभिज्ञ था वह अब नियमित बात हो गई थी। किसी न किसी बात पर उसे डांट पड़ती ही थी। जिस प्यार और दुलार का एकमात्र केंद्र वह हुआ करता था अब वह बदल चुका है। परिवार के सदस्यों का सारा ध्यान नए मेहमान की ओर है। सिर्फ दादी ही कभी-कभार उसे दुलार किया करती थी। कुल मिलाकर रौनक के हिस्से बहुत कम या ना के बराबर समय आता था।

रौनक के मन-मस्तिष्क पर दुत्कार और दुराव की भावना घर करने लगी। हमेशा प्रसन्न रहनेवाला बच्चा गुमसुम रहने लगा। स्वाभाव में चिड़-चिड़ापन आने लगा। आए दिन घर में मुहल्ले के अन्य बच्चों के साथ उसके मार-पीट की शिकायतें आने लगी। स्कूल से भी शिकायतों का सिलसिला शुरू हो गया। इन सब बातों से रौनक पर सख्ती और बढ़ने लगी। बच्चे में सुधार की अपेक्षा और खामियां घर करने लगी।

ऐसा प्रायः होता है कि नए बच्चे के आगमन के साथ ही अन्य बच्चों के

प्रति आसक्ति का भाव कम होता चला जाता है। यह स्वाभाविक भी है। परंतु इसका असर कहीं न कहीं अन्य बच्चों पर भी जरूर होता है। अचानक से प्यार की कमी को बाल सुलभ मन बर्दाश्त नहीं कर पाता है। इसका असर उनके व्यवहार पर परिलक्षित होने लगता है। बड़ों द्वारा इन्हीं व्यवहारों को समझे बिना सख्ती का सिलसिला जारी रखना उनके एकाकीपन की खाई को और गहरा करते चला जाता है। रौनक भी इसी दौर से गुजर रहा था।

अपने भाई के प्रति उसके प्यार में नित कमी आती जा रही थी। अपने प्रति बेरूखी के भाव के लिए वह अपने भाई को ही जिम्मेदार मानने लगा। वह अब मौके की ताक में रहा करता बच्चा कब खाली मिले। मौका मिलते ही कभी पैर खींच देता तो कभी चिकोटी काट भाग जाता था। बच्चा दहाड़े मारकर रोता था। परंतु इसका प्रभाव उल्टा पड़ता था। बच्चे के रोने से सभी का ध्यान उधर ही जाता। सब उसे दुलार-पुचकार में व्यस्त हो जाते।

एक बार रविवार का दिन था। रौनक मौका ताड़ अपने भाई के कमरे में घुसा। बच्चे को चिकोटी काटने वाला ही था कि उसके पापा ने उसे पकड़ लिया। दो-चार चांटे जड़ दिए। दादी ने आकर बीच-बचाव किया और कहा-जा भागकर छिप जा कहीं, नहीं तो पापा और मारेंगे।

रौनक रोता हुआ भागा। बाहर हल्की-हल्की बारिश हो रही थी। वह घर के पीछे की झाड़ियों में छिप गया। सब अपने कामों में जुट गए। रौनक के प्रति कोई ध्यान न रहा।

रौनक झाड़ियों में दुबका हुआ था। कपड़े पानी से तर-बतर थे। बच्चा बुरी-तरह परेशान था। सोच रहा था कोई आकर मनाए और घर ले जाए। परंतु नहीं। कई घंटे बीत जाने के बाद उसकी दादी को उसका ध्यान आया। वह घर में ढूंढने लगी। कहीं नहीं मिला। बाहर आवाज लगाई पर रौनक डर के मारे जवाब नहीं देता है। दादी रौनक के न मिलने की खबर घर के दूसरे सदस्यों को देती है। सब परेशान हो उठते हैं। बाहर ढूंढा जाने लगा। मम्मी का बुरा हाल हो गया। रौनक के प्रति उनकी सोई ममता जाग उठी। दादी ने अपने-आपको कोसना शुरू कर दिया।

बहुत ढूंढा गया परंतु रौनक नहीं मिल रहा है। घरवालों को परेशान होता देख रौनक को अच्छा नहीं लग रहा है। मन करता है निकलकर बाहर आ जाए परंतु डर है कि परेशान घरवाले कहीं अपनी नाराजगी उस पर उतारना न शुरू कर दें। इधर पापा भी बहुत दुखी हैं। अफसोस हो रहा है नाहक ही मासूम को इतना पीट दिया। समझा भी सकता था। ना जाने कहाँ किस स्थिति में होगा।

जब रौनक से न रहा गया तो वह धीरे से झाड़ियों से सहमता हुआ बाहर आता है। परंतु पैर लड़खड़ा रहे हैं। किसी तरह जोर से आवाज लग. ाता है -दादी। दादी इधर-उधर देखती है। नजर नहीं आता है। पुनः आवाज सुनाई देती है। शायद घर के पीछे से आ रही है। दादी भागती हुई जाती है। देखती है रौनक की आँखे सूजकर लाल हैं। कपड़े कीचड़ में सने हुए हैं। बच्चा बुरी तरह सहमा हुआ है। दौड़कर गले से लगा लेती हैं। परंतु यह क्या! शरीर अंगारे की तरह तप रहा है। आँखें नहीं खोल रहा है। बदहवास गोद में ले बेटे को पुकारती भागती है।

सब दौड़कर आते हैं। पापा और दादाजी उसे उठाकर डॉक्टर के पास ले जाते हैं। डॉक्टर साहब सूई-दवा देने के बाद सांत्वना देते हैं -घबड़ाने की कोई बात नहीं है। कुछ देर में होश आ जाएगा। बहुत कमजोर है।

घर में मम्मी और दादी बहुत परेशान हैं। नन्हा बच्चा कौतूहल से कुछ समझने की कोशिश कर रहा है।

उधर कुछ देर में रौनक को होश आ जाती है। आँखे खोलते ही रौनक अपने पापा को आवाज देता है। पापा गले से लिपटा लेते हैं। आँखों से आँसू झरने लगते हैं। रौनक रोए जा रहा है। उसके खोए हुए पापा वापस मिल गए हैं।

तीनों वापस घर की ओर चल देते हैं। रौनक अपने पापा की गोद में लिपटा हुआ है। घर पहुँचकर पूरा परिवार एकत्रित हो जाता है। रौनक पुनः सबकी दुलार का केंद्र बन गया है। सभी उससे लिपट-लिपटकर रो रहे हैं।

रौनक को उसका परिवार वापस मिल गया है। रौनक अपने भाई के पास जाता है। बच्चा मुस्कुरा रहा है। रौनक को देखकर हाथ-पैर हिला रहा है। वह भी इस वापसी की घड़ी का साक्षी बनना चाहता है।

जिजीविषा

गंगा के तट से सौ मीटर की दूरी पर टाट-फूस के सात-आठ घर स्थित हैं। उन्हीं में एक घर की छाजन को बदलने का काम हो रहा है। कार्य में व्यस्त हैं-हीरूआ,उसकी पत्नी सुगनी और उनका चार वर्षीय पुत्र दीपू। दीपू सबसे अधिक उत्साहित है। मम्मी ने कहा है कि बरसात का मौसम कुछ दिनों में आने वाला है। बरसात गिरने के पहले छाजन का काम खत्म करना है।

दीपू दौड़-दौड़ कर अपने नन्हे-नन्हे हाथों से फूस लाकर अपनी माता को सौंप रहा है। दीपू का हौसला उसका अभिन्न मित्र कालू बढ़ा रहा है। कालू उसके पालतू कुत्ते का नाम है। कालू बेचारा यूं तो कोई सहायता नहीं कर पा रहा है परंतु दीपू के पीछे-पीछे भागकर परेशान है।

हीरूआ मजदूरी करता है और सुगनी घर सम्हालती है। एक देशी गाय है जो गाभिन है।

शाम को छाजन का काम खत्म हो जाता है। पति-पत्नी नदी किनारे हाथ-मुँह धोकर बैठे हैं। पास ही दीपू बच्चों के साथ खेल रहा है। कालू रेत पर चित लेटा हुआ अपनी थकान मिटा रहा है।

–कुछ पैसे जमा कर अगले साल फूस की छाजन की जगह करकट का छत लगा लूंगा। ये हर साल बरसात के पहले की किच-किच खत्म हो जाएगी।

–हीरूआ ने अपनी बात रखी।

सुगनी –हाँ। मैं तो कहती हूँ कि मुझे भी अपने साथ मजदूरी करने ले चलो। दोनों मिलकर कमाएंगे। पैसे जोड़कर धीरे-धारे घर पक्का कर लेंगे।

हीरूआ-दीपू और गाय को कौन देखेगा?

सुगनी- दीपू को साथ ले जाया करेंगे और गाय को बेच दो।

हीरूआ-नहीं लक्ष्मी को नहीं बेचूंगा। मैं नहीं चाहता कि दीपू अपने माँ-बाप को मजदूरी करते देखे। लोगों की गालियाँ और घुड़कियां झेलते देखे। तुम्हे काम करने की कोई जरूरत नहीं है। बरसात के बाद मैं भी दिल्ली चला जाऊंगा। वहीं कमाऊंगा। तुम दीपू के साथ यहीं रहना। उसका दाखिला किसी प्राईवेट स्कूल में करवा दूंगा।

*****

बरसात को दस्तक दिए कई दिन हो गए। पिछले कुछ दिनों से झिमझिम बारिश हो रही थी। परंतु आज सुबह से लगातार मूसलाधार बारिश हो रही है। आज हीरूआ काम पर नहीं जा पाया है। दीपू घर के कोने में दुबका हुआ है। कालू चूल्हे से सटकर अपना मुँह पेट में घुसाए सोया पड़ा है। वैसे भी ऐसे मौसम में कोई कहीं जाए भी तो कैसे जाए?

रात आई। बारिश अपने पूर्ववत्‌ लय में है। रूखा-सूखा खाकर सब सोने की तैयारी करने लगे। दीपू ने कालू को आज घर के अंदर सुलाने की इच्छा जाहिर की। आमतौर पर रात में कालू बाहर आँगन में पड़ा रहता। विशेष परिस्थितियों में जैसे बारिश वगैरह में वह अपने लिए सुरक्षित स्थान स्वयं ढूंढ लेता था। हीरूआ को कालू को अंदर सुलाना मंजूर नहीं था। किसी तरह दीपू को बहला-फुसलाकर सुला देता है। मूसलाधार बारिश जारी है।

रात की नीरवता में सिर्फ बारिश का बोलबाला है। बीच-बीच में कालू कूं-कूं की ध्वनि निकाल रहा है। पौ फटने से पहले जोरदार आवाज आई जिसे मूसलाधार बारिश के शब्द भी दबा न पाई। तटबंध का बड़ा हिस्सा नदी में समा गया था। कालू जोर-जोर से भौंकने लगा। अनवरत। हीरूआ की आँख खुली। देखा सुगनी और दीपू गहरी नींद में हैं। ठंडे मौसम ने आलस्य का ऐसा जादू बिखेर रखा था कि हीरूआ को उठने की हिम्मत नहीं हुई। गहरी नींद में लेट गया। कुछ देर बाद गाय के रंभाने की आवाज शुरू हो गई। चारो ओर चीख-पुकार मच गई।

हीरूआ उठता है और भागकर बाहर जाता है। नजारा देखकर सन्न रह गया। बाहर जहाँ तक नजर जाती थी पानी ही पानी था। पानी गाय के पेट को छू रहा था। कुछ क्षण में पानी झोपड़ी में प्रवेश कर सकता है। आस-पास के लोग अपने-अपने बसेरे को खाली कर रहे थे। सुगनी और दीपू की भी नींद खुल चुकी थी। दोनों बाहर आकर देखते हैं। दोनों की आँखों में भय और संशय दिख रहा है। खासकर दीपू ने ऐसा नजारा पहली बार देखा है। हीरूआ और सुगनी ऐसी विभीषिका को पहले कई बार देख चुके हैं।

हीरूआ के पड़ोसी, मंदिर के समीप वाले मैदान की ओर जा रहे थे। सबसे सुरक्षित स्थान वही था। वहाँ पानी नहीं पहुँचता था। हीरूआ और सुगनी भी अपना-अपना सामान समेटकर गठरी बाँध लेते हैं। वैसे भी गरीबों के घर में ज्यादा सामान तो होता नहीं है। सुगनी दीपू को गोद में लिए है। हीरूआ के सिर पर सामानों की गठरी है। एक हाथ से गठरी एवं एक हाथ में गाय की रस्सी थामे है। पीछे-पीछे कालू पानी में तैरता आ रहा है। सुरक्षित स्थान उसे भी चाहिए।

मैदान में पहले से कई तम्बू गड़े थे। पहले से जगह लिए लोग नए आ रहे लोगों की पूरी सहायता कर रहे थे। हो भी क्यों न? यह तो सामूहिक तौर पर सबके लिए कष्टकारी था। हीरूआ भी अपनी तम्बू गाड़ता है। बाँस और पॉलिथीन से हो गया तैयार। हीरूआ का परिवार-पत्नी, बच्चा, गाय, कालू और वह स्वयं। दीपू मुआयना करता है। नया घर उसे पसंद नहीं आ

रहा है। गाय को बाहर बाँधने का प्रबंध किया गया। प्रशासन की तरफ से गुड़ और चूड़ा का प्रबंध था। सभी विस्थापित परिवारों को दिया जा रहा था।

वह दिन बीत गया। अगले दिन सुबह सुगनी दीपू को नींद से जगाती है। पाती है दीपू बुखार से हलफ़ रहा है। हीरूआ को जगाती है। वह भी देखता है। बुखार बहुत तेज है। पूरा बदन तप रहा है। दोनों आनन-फानन अस्पताल पहुँचते हैं। डॉक्टर साहब नदारद हैं। नर्स पैरासिटामॉल की कुछ गोलियां देती है और घर भेज देती है। दवा खिलाया जाता है परंतु आराम नहीं मिलता है। फिर दोनों अस्पताल की ओर चलते हैं। अस्पताल के गेट पर एक भला मानस (दलाल) दोनों को रोक लेता है।

-क्या बात है कल से देख रहा हूँ बच्चे को लेकर दोनों परेशान हो?

हीरूआ- बच्चे को दो दिनों से बुखार है। उतर ही नहीं रहाँ यहाँ से कल दवा दी गई थी परंतु कोई लाभ नहीं हो रहा है।

-एक ही बच्चा है?

-जी हाँ।

-आप लोग भी समझते नहीं हो। सरकारी अस्पताल के चक्कर में रहोगे तो बच्चे से हाथ धो बैठोगे। प्राइवेट अस्पताल में कहीं दिखवाओ।

हीरूआ -परंतु भाई साहब हम गरीब लोग हैं। इतने पैसे कहाँ से लाएंगे?

-पैसे तो फिर कमा लोगे। बच्चा क्या फिर लौट कर आएगा? चलो मेरे साथ। मेरे एक परिचित डॉक्टर साहब हैं। एक नंबर का इलाज करते हैं। पहले बच्चे को बचाओ। मैं फीस-वीस कम करवा दूंगा।

हीरूआ एक बार सुगनी की ओर देखता है। फिर दीपू को। चुपचाप उस आदमी के साथ चल पड़ता है। तंग गलियों से होते हुए एक कमरे के सामने सब पहुँचते हैं।

एक मैली-कुचैली साड़ी पहनी औरत कुंडी खोलती है। पीछे से कमीज और धारीदार लुंगी पहने आला लगाए अधेड़ से व्यक्ति आते हैं। हीरूआ को लाने वाला व्यक्ति अकेले में डॉक्टर साहब से कुछ बातें करता है। फिर हीरूआ को बुलाता है।

दीपू को एक चौकी पर लिटा दिया जाता है। डॉक्टर साहब आला लगाकर देखते हैं। नब्ज छूते हैं। कभी हीरूआ को देखते हैं तो कभी सुगनी को। फिर गंभीर होकर कहते हैं -

बच्चे को बहुत तेज बुखार है। इंफेक्शन हुआ है। कई तरह के टेस्ट करवाने होंगे। पैसे अडवांस जमा करने होंगे। विलंब नहीं होना चाहिए। स्थिति गंभीर है।

सुगनी -पैसे हम दे रहे हैं। आप टेस्ट शुरू करवाइए।

हीरूआ सुगनी की ओर देखता है। सुगनी के पास पाँच हजार रूपए नकद हैं। बड़े कष्ट से पेट काटकर जमा किए थे। हीरूआ को भी नहीं बताया था। पायल और बिछिया बनाने के लिए। परंतु अब उन सब से ज्यादा जरूरी दीपू का इलाज था।

चार हजार रूपए जमा करवाए गए। एक व्यक्ति बाहर से आता है। खून के नमूने लेता है। डॉक्टर साहब दीपू को इंजेक्शन देते हैं। कुछ दवा भी दी है।

डॉक्टर साहब-उमा, बच्चे को ये दवाईयां तीन वक्त देनी है। ध्यान से खिला देना।

मैली-कुचैली साड़ी पहने जिस औरत ने दरवाजे की कुंडी खोली थी उसका नाम उमा था। सुगनी को पता नहीं क्यों वह औरत खटक रही थी। झट से कहती है कि वह दवा उसे दे दे। वह स्वयं खिला देगी। उमा चुपचाप दवा थमा देती है।

उस दिन शाम को दीपू ने आँखे खोली। खाना माँगता है। उमा एक कटोरे में खिचड़ी लेकर आती है। परंतु सुगनी कटोरा माँग लेती है। और

स्वयं खिलाने लगती है। दीपू बड़े चाव से खा रहा है। हीरूआ और सुगनी दोनों के चेहरे पर सुकून का भाव है। दीपू को दो और दिनों तक रखा गया। सुगनी के बाकी बचे पैसे भी खत्म हो चुके थे। डॉक्टर का बकाया भी चुकता करना था। हीरूआ और सुगनी को चिंता खाए जा रही थी। पता नहीं कितने का बिल आएगा।

डॉक्टर साहब ने बिल थमाया। आठ हजार रूपए चुकाने थे। हीरूआ और सुगनी दोनों एक दूसरे का मुँह ताकने लगे। पैसे का प्रबंध अब कैसे किया जाए। दोनों तय करते हैं गाय को बेच दिया जाए। कोई और उपाय बचा नहीं है। भारी मन से हीरूआ ग्राहक खोजने चलता है। बड़ी मुश्किल से गाय बिकती है। गाय को बेचने की इच्छा नहीं थी। लक्ष्मी चली गई परंतु दीपू का सवाल था।

हीरूआ डॉक्टर के पैसे चुकता करता है और सभी भारी मन से लौटते हैं।

*****

बाढ़ का पानी उतर गया है। लोग अपने-अपने घरों को लौट रहे हैं। हीरूआ के टोले के लोग भी स्थिति को देखने चलते हैं। हीरूआ भी मय परिवार उनके साथ हो लेता है। परिवार में सब हैं सिवाय गाय के। हीरूआ की झोपड़ी की स्थिति ठीक नहीं थी। फिर से बनाना होगा। काफी खर्च आएगा। गाय के खूंटे की तरफ नजर पड़ती है। मन मायूस हो जाता है। फिर दीपू की ओर नजर पड़ती है। दीपू कालू के साथ खेल रहा है। मन प्रसन्नता से खिल जाता है। अब पुनः जिंदगी नए सिरे से प्रारंभ करनी है। जिंदगी रूकती नहीं है और तमाम झंझावतों के बाद भी ना जीने की चाह मिटती है।

जीवन-यात्रा

आधी रात को अचानक कुछ भारी चीज के गिरने की आवाज से नींद खुल गई। जाड़े के मौसम में पूरा शरीर पसीने से तर था। घड़ी देखी तो एक बज रहे थे। सोचा कहीं कोई घर के अहाते में तो नहीं घुस गया। उठकर चारों ओर देखा पर कहीं कुछ नहीं था। वापस आकर लेट गया। पर नींद नहीं आ रही थी। अजीब सी बेचैनी का अनुभव हो रहा था। इधर-उधर करवट बदलते आधे घंटे और बीत गए परंतु नींद का कोई नामोनिशान न था। कुछ देर बाद कुछ कोलाहल सुनाई दिया। फिर महिलाओं की रोने की आवाज। अजीब आशंका से जी घबड़ाने लगा।

मेरे घरवाले भी उठ गए। उठा बाहर निकला। दो लोग मेरे पड़ोस के घर की ओर जा रहे थे। मेरी धड़कने बढ़ गईं। पूछा -भाई क्या बात हो गई?

एक ने जवाब दिया -मुकुंद बाबू गुजर गए।

मुकुंद बाबू गुजर गए? पर कैसे.................कब...... दनादन मैंने प्रश्नों की बौछार लगा दी। और बिना जवाब की प्रतीक्षा किए उनके

साथ हो लिया।

मुझे विश्वास ही नहीं हुआ। परसो ही तो उनके साथ घंटो बातचीत हुई थी। बता रहे थे कि अगले सप्ताह घर में सत्यनारायण प्रभु की पूजा रखी है। जरूर आना। पूजा के बाद घर में कुछ निर्माण कार्य कराने की भी उनकी योजना थी।

उनके घर जाकर देखा तो मुकुंद बाबू का पार्थिव शरीर खटिए पर पड़ा हुआ था। ऐसा प्रतीत हो रहा था कि गहरी नींद में सो रहे हैं किसी भी क्षण उठकर बैठ जाएंगे।

माहौल पूरा गमगीन था। मेरी भी आँखों से आँसू निकल पड़े।

केंक......केंक......मीइइइइइइइइठू..................मी.............. केंक.......केंक...........

उनका पालतू तोता आवाज निकाल रहा था। अचानक शांति भंग होने से वह असहज बोध कर रहा था। परंतु धीरे-धीरे वह एकदम शांत हो गया। निरीह पक्षी को भी शायद अपने मालिक के गुजर जाने का आभास हो गया था।

धीरे-धीरे संवेदना प्रकट करने वाले लोगों का जमावड़ा लगने लगा। कुछ लोग इतने जोर से दहाड़ मारकर रो रहे थे कि लग रहा था कि मुकुंद बाबू के जाने का दुख उनके परिवार के लोगों से भी ज्यादा इन्हीं लोगों का था। एक महिला रो-धोकर वहाँ से उठी ओर थोड़ी दूर जाकर किसी से कह रही थी -

अच्छा भेलै। सड़लहबा बहुत खच्चड़ छिलै। बिक्कट-बिक्कट गारी पढ़ै छिलै। बुतरू सिनी कें देखै ले नय चाहै छिलै। (मूलः अंगिका। हिंदी अनुवादः अच्छा हुआ। सुखड़ा बहुत बदमाश था। भद्दी-भद्दी गालियां बकता था। बच्चों को नहीं देखना चाहता था)

मुकुंद बाबू स्थानीय सरकारी दफ्तर में बड़ा बाबू थे। लंबा कद, दुबला-पतला शरीर। आँखे धंसी हुईं। चेहरे पर हमेशा रौब। गालियां बकने

में पी.एच.डी. की डिग्री। सुनने वालों के कान के पर्दों में छेद हो जाए। दफ्तर से घर तक कोई नहीं बचता था। घर के आस-पास अगर कोई बच्चा, गाय, भैंस, बकरी, कुत्ते, बिल्ली कुछ भी दिख जाए तो उनकी शामत आ जाती थी। जानवरों को तो खदेड़-खदेड़ मारते थे।

परंतु मुझसे वह विशेष स्नेह करते थे। कोलकाता से जब छुट्टियों में घर आता था तो दोनों घंटो राजनीति, धर्म आदि विषयों पर चर्चा करते थे। कमोबेश हर विषय पर उनका ज्ञान अच्छा था। संदेश (एक प्रकार की मिठाई) उन्हें विशेष पसंद था। मैं कोलकाता से आते समय अनके लिए संदेश लाना कभी नहीं भूलता था।

उन्हें बागवानी का विशेष शौक था। घर के सामने आम, अमरूद, शरीफा के पेड़ों के साथ किचन गार्डन भी था। मैं जब घर पर होता तो हरी सब्जियां वह स्वयं तोड़कर हमारे घर पहुँचा जाते। अहाते में एक प्लास्टिक की कुर्सी स्थायी रूप से रखी रहती थी जहाँ वह खाली में समय बैठे रहते थे और बाग की रखवाली किया करते थे।

*****

उजाला हो रहा था। सूरज की रोशनी फैल रही थी।

..................राम नाम सत्य है.................राम नाम सत्य है..............................

शव यात्रा चल पड़ी। राम नाम सत्य है..... वाकई यही एक नाम है जो सत्य है बाकी सब मिथ्या हैं। इस मंत्र के उद्‌घोष के साथ ही करोड़ों लोगों की शव यात्रा निकली होगी। लोग राख बनकर मिट्टी में समा गए परंतु यह नाम आज भी शाश्वत है। जीवन मिथ्या है।

शवयात्रा मुख्य सड़क की ओर बढ़ रही थी। वहाँ से श्मशान तक ले जाने के लिए गाड़ी का प्रबंध था। आगे पुराने बरगद के पेड़ के पास की झाड़ियों में दो शराबी छिपकर शराब पी रहे थे। शवयात्रा को देखकर एक ने बाहर निकल आवाज लगाई -कौन गुजर गए?

किसी ने कहा -मुकुंद बाबू इस दुनियां में नहीं रहे।

मुकुंद बाबू नहीं रहे .... हा........हा.... हमें छोड़ चले गए। अब हमारा क्या होगा? -शराबी दहाड़ मार रो रहा था। दूसरा शराबी हतप्रभ उसकी ओर टकटकी लगाए देखे जा रहा था। उसे शायद अचानक हुई इस प्रतिक्रिया की उम्मीद नहीं होगी।

चल एक पैग और बना। बड़ा पैग ..... मुकुंद बाबू चले गए।

और दोनों अपनी दुनियां में वापस रम गए।

शिवजी के मंदिर के सामने से पगले का चिर परिचित गीत सुनाई पड़ रहा थी।

.... उड़ जाएगा हंस अकेला...... जग दर्शन का मेला...... जैसे पात गिरे तरूवर से ....

शिवजी के मंदिर के बरामदे पर ही यह पगला रहा करता था। कहाँ से आया था किसी को भी नहीं मालूम। कहीं से भोजन मिल जाता और पड़ा रहता। गीत की यही पंक्तियां ही शायद उसे याद थी जिसे वह दुहराते रहता था। जब छुट्टियों में कोलकाता से आता था और मंदिर के सामने की बस स्टैंड पर उतरता था तो गीत के ये बोल सुनाई पड़ते थे। अच्छा लगता था पर कभी अर्थ या आशय को जानने की उत्कंठा न जगी।

पर आज न जाने क्यूं उस पगले के प्रति मन में एक श्रद्धा और आदर का भाव पनप रहा है। उसकी पंक्तियों में जीवन का कितना गूढ़ रहस्य छिपा हुआ था। हमसब भी तो हंस ही हैं। अकेले आए थे और अकेले ही चले जाएंगे। हमारे साथ कुछ नहीं जानेवाला। जैसे मुकुंद बाबू जा रहे हैं। तो क्या हमारे जीवन का यही सत्य है? तो फिर इस आने-जाने के बीच के क्रम में ये ईर्ष्या, द्वेष, छिनने और स्वयं के लिए जमा करने की प्रवृत्ति क्यों?

इन्हीं सोच-विचारों में मग्न सुल्तानगंज माँ गंगा के तट पर पहुच गए। दाह संस्कार की तैयारियां चलने लगी। मेरा मन विचलित हो रहा था। मुझे अपने माता-पिता, परिजनों के चेहरे नजर आने लगे। सभी एक-एक कर

चले जाएंगे। उनके जाने के बाद अकेला मेरा जीवन कैसा होगा? जिंदगी बोझ की तरह लगेगी।

विचारों के आवेग मुझे सामान्य नहीं होने दे रहे थे। आस-पास कई चिताएं जल रही थी। उनके परिजन विषाद से ग्रसित थे। जीवन के सत्य को जानने के लिए मुझे यह स्थान ईश्वर प्रदत्त लग रहा था। वह स्थान जहाँ लोग आने से कतराते हैं फिर भी उन्हें आना पड़ता है। यह स्थान ही उनके जीवन का अंतिम पड़ाव होता है। जीवन के सत्य को बयान करने वाला यह स्थान उसकी नश्वरता का बोध कराता है।

हम अपने मृत सगे-संबंधियों, मित्रों और परिचितों की निर्जीव देह को इस ख्याल के साथ लाते हैं कि उनकी अंतिम विदाई के भागी बन रहे हैं परंतु यह भूल जाते हैं कि कल हमारी भी बारी होगी। धन्ना सेठ और भिखारी दोनों की परिणिति यहीं है। आने का तरीका अलग हो सकता है परंतु यहीं राख में तब्दील हो मिट्टी बन जाना है। अपने स्वार्थ की पूर्ति के लिए हर प्रकार के हथकंडे अपनाने के बावजूद हमारा अपने प्राणों पर कोई अधिकार नहीं है। श्रीमद्भगवद्गीता की पंक्तियां स्मरण हो आईं-

जातस्य हि ध्रुवो मृत्यु ध्रुवं जन्म मृतस्य च।

(जन्मे हुए की मृत्यु निश्चित है और मरे हुए का जन्म निश्चित है।)

वासांसि जीर्णानि यथा विहाय नवानि गृह्णाति नरोऽपराणि।

तथा शरीराणि विहाय जीर्णान्यन्यानि संयाति नवानि देही।।

नैनं छिन्दन्ति शस्त्राणि नैनं दहति पावकः।

न चैनं क्लेदयन्त्यापो न शोषयति मारूतः।।

(जैसे मनुष्य पुराने वस्त्रों को त्यागकर दूसरे नए वस्त्रों को धारण करता है वैसे ही जीवात्मा पुराने शरीर को त्यागकर नए शरीर को धारण करता है। इस आत्मा को शस्त्रादि नहीं काट सकते, इसे जल नहीं गला सकता और न ही वायु इसे सुखा सकता है।)

फिर आने और जाने के क्रम के बीच क्यों नहीं कुछ अच्छा कर सकते हैं कि सबका भला हो?

मुकुंद बाबू के बड़े बेटे ने पिता के शव को मुखाग्नि दी। कुछ ही घंटों में मुकुंद बाबू पंच तत्व में विलीन हो गए।

सब वापस अपने-अपने घरों मे लौट आए। मेरे कानों में पगले के गीतों के बोल बार-बार गूँज रहे थे। शायद पगला जीवन के गूढ़ रहस्यों से परिचित हो चुका था और सबकुछ त्यागकर यायावर जीवन बिता रहा था।

मुकुंद बाबू की बागवानी लहलहा रही थी। प्लास्टिक की कुर्सी अपने स्थान पर यथावत थी परंतु खाली मुकुंद बाबू के न होने का अहसास करा रही थी।

मैं वापस कोलकाता लौट आया। फिर सांसारिक बंधनों में रम गया। अगली बार श्मशान घाट जाने पर देखा जाएगा। अभी तो माया मोह का आनंद ले लूं। अच्छा करने के लिए तो पूरी उम्र पड़ी है।

दिल्ली रिटर्न

आज कजरिया (मूल नाम काजल) बहुत खुश है। उसके पति रामजीवन का दिल्ली में किसी फैक्ट्री में नौकरी लग गई है। खबर सुन कजरिया के पांव जमीन पर नहीं पड़ रहे हैं। खुशी में दुगुना इजाफा इस बात से भी है कि रामजीवन उसे अपने साथ दिल्ली ले जाने के लिए आ रहा है। अब दोनों साथ ही रहेंगे। उसे सास-ससुर से बहुत तकलीफ थी। किच-किच होता रहता था।

किच-किच की खींझ दोनों बेटों -मंगल और विक्की को कूटकर निकाला करती थी। दोनों बच्चे कूटाई खाकर घंटों रें-रें करते रहते। कजरिया अपने गाँव से बाहर किसी शहर नहीं गई थी। अब सीधे देश की राजधानी में रहने को मिलेगा।

मंगली काकी -बधाई देने पहुँची है।

मंगली काकी-बड़ी खुशी के बात छै। यहाँ दिन-भर भांग-धतूरा आर गुटखा चिबायत फिरै रहै।

कजरिया -हम बहुत खुश छियै। अब साथे रहबै। दिन-रात किच-किच सें

मन ओजियाय गेलै।

मंगली काकी–रामजीवना कें कहबै हमर बड़का छौरा लोचनों कें अपने साथ ले जो। दिन–भर लुक्कड़पनी करै छै और बोली–बात सुनत फिरै छै।

*****

रामजीवन पधार चुका है। पूर्ण परिवर्तन है। नए–नए कपड़े। स्पोर्ट्स शू। बड़ा सा चायना सेट मोबाईल हाथ में है। रामजीवन के समक्ष गाँव के बेरोजगारों की मंडली जमी हुई है। रामजीवन ठेठ दिल्ली की बोली में अपना बखान कर रहा है। अपनी बोली में वो फील नहीं है। गंवारों सी लगती है। पिछड़ापन का प्रतीक है।

रामजीवन –यार काम की कमी नहीं है। भतेरे(बहुतेरे) हैं। काम करनेवाला चाहिए।

मंगलू –भैया, घर–द्वार कम्पनी देने होतय?

रामजीवन –हाँ–हाँ। टू बी.एच.के. का सेट है। बिजली–पानी सब फ्री।

कजरिया किवाड़ के कोने से गर्व से अपने पति की बातों को सुन रही है। लाल रंग की टी–शर्ट बहुत फब रही है। काला चश्मा बालों में खोसे हुए बहुत इस्मार्ट लग रहे हैं। उसे सब कुछ बहुत अच्छा लग रहा है। एक सुनहरे कल की आशा उसमें नया संचार उत्पन्न कर रही है।

*****

रामजीवन कजरिया और दोनों बच्चों के साथ स्टेशन के लिए टेम्पू पकड़ने रवाना होता है। टोले की औरतें और बच्चे भी अरियातने साथ हैं। टोले के कुत्तों में एक साथ इतने मनुष्यों को देखकर गजब का उत्साह है। दुम हिला–हिलाकर आगे सरपट भागे जा रहे हैं। बीच–बीच में रूक–रूक कर देखते हैं कि सभी आ रहे हैं कि नहीं।

रामजीवन की माँ की आँखों में आँसू हैं। दोनों पोतों को चिपकाए हुए चल रही हैं जैसे उन्हें जाने नहीं देंगी। पोतों से घर गुलजार रहता था। सब

सूनी हो जाएंगी। इतना बड़ा घर, आंगन बांय-बांय करेंगे। बाबूजी अपनी भावनाओं को दबाए हुए थे।

सपरिवार रामजीवन टैम्पू में सवार हो स्टेशन पहुँच गया। नियत समय पर ट्रेन पहुँचती है। भारी भीड़ है। रामजीवन कजरिया को बच्चों को संभालने को कह धक्का-मुक्की करते हुए पेटी के साथ जनरल डिब्बे में प्रवेश कर जाता है। तिल रखने की जगह नहीं है। गलियारे के ऊपर गमछी बांधकर लोग लटके हुए हैं। शौचालय तक लोग बैठे हुए हैं। विकास की किरणें शायद अभी हमारे देश की ट्रेनों के जनरल डिब्बों तक नहीं पहुँची हैं। या यूं कहे कि उसे उसकी सुध ही नहीं है क्योंकि उसमें निरीह, गरीब, असहाय लोग सफर करते हैं।

बड़ी मुश्किल से कुछ जगह निकाल रामजीवन अपनी पेटी को रखता है और फुर्ती से बाहर निकल पत्नी-बच्चों को डिब्बे में ले आता है और पेटी पर बिठा देता है। स्वयं खड़ा हो गया।

भारी कष्टों और यंत्रणाओं के उपरांत सब अगले दिन आनंद विहार टर्मिनल पर उतरते हैं। वहाँ से बस में अपने गंतव्य की ओर निकलते हैं। चौड़ी, साफ-सुथरी सड़कें। सुंदर इमारतें। कजरिया को सब-कुछ एक अलग अनुभूति दे रहा था। उसे गाँव का वो जीवन फीका महसूस हो रहा था। कंडक्टर की आवाज से उसकी तंद्रा भंग हुई। सब उतरते हैं।

कजरिया का मन भसिया रहा है। लगता है सबकुछ घूम रहा है। बच्चे तो ऐसे लग रहे हैं मानो अस्पताल से डिस्चार्ज होकर निकले हैं।

रामजीवन सबको लेकर अपने टू बी.एच.के. के सेट पर पहुँचता है। यमुना किनारे अतिक्रमित सरकारी जमीन पर झुग्गी में एक खोली ही रामजीवन का बसेरा है। सूरज की रोशनी भी ठीक ढंग से नहीं पहुँचती है। कजरिया के पैरों तले जमीन खिसक गई है।

कजरिया-कहै रहिए टू बी.एच.के. के सेट छै। हय की छिकै? कैसें यहाँ बुतरू-बच्चा संग रहबै।

रामजीवन-आठ हजार रूपए पगार में क्या ताजमहल लेकर रखूंगा?

कजरिया-तब काहे बड़-बड़ फेकै रहलिऐ।

बच्चे माँ-बाप को थेथरोलॉजी करते आश्चर्य से देखते हैं। छोटा देखते-देखते कर्णफोड़ू शहनाई शुरू कर देता है।

जो हो तूफान थम जाता है। कजरिया अपनी नियति मान लेती है।

धीरे-धीरे कजरिया झुग्गी के माहौल में ढलने लगती है। शौचालय के बाहर रोज-रोज की कांय, किच-किच, शाम के वक्त पियक्कड़ों का किचाहिन, मार-पीट, गाली-गलौज आम बात है। कजरिया अपने आप को ढाल रही है। बच्चे भी नए-नए साथी ढूंढ लेते हैं और अपनी बाल दुनियां में रम जाते हैं। उन्हें नए नाम से बुलाया जाने लगा है। ओय बिहारी......। झुग्गी में रहनेवाले अन्य राज्यवाले इस नाम को दुहरा-दुहरा कर अपनी संभ्रांतता का परिचय देते हैं। बच्चों को क्या। हाँ उन्हें नए नाम का मतलब पता नहीं है।

समय बीतता जाता है। कुल मिलाकर कजरिया अपनी छोटी सी दुनियां में रम चुकी है। अब दिल्ली की हिंदी बोलना सीख रही है। अपनी बोली में वो बात नहीं है।

कजरिया ने भविष्य के बारे में भी सोचना शुरू कर दिया है। उसके पड़ोसी ने कहीं २५ गज जमीन खरीदा है। वह रामजीवन को भी कहती है कि गाँव की जमीन को बेच दो। हम भी २५-५० गज जमीन खरीदकर घर बनाते हैं। वहाँ किसी काम की नहीं हैं।

रामजीवन को नागवार लगा। माँ-बाबूजी मना तो नहीं करेंगे पर उनका अपनी जमीन से बहुत मोह है। ले देकर बस कुछ जमीन ही तो संपत्ति के नाम पर है। नहीं...नहीं.... ऐसा नहीं करेगा।

वह कजरिया को समझाने का प्रयास करता है। पर कजरिया पर तो जैसे भूत सवार हो गया है। तू तू मैं मैं होने लगती है। फिर मुँह फूला-फूली। धीरे-धीरे यह नियमित होता जाता है। हफ्ते-हफ्ते तक बात-चीत बंद रहती है।

पिछले पंद्रह दिनों से दोनों में बात-चीत बंद है। रामजीवन काम से आता है और बच्चों में लग जाता है। पत्नी की ओर ताकता तक नहीं है। आंदोलन अपने चरम पर है। कजरिया अपनी भड़ास बच्चों को कूट कर निकाल रही है। बच्चे भागे-भागे फिरते हैं।

इधर बरसात के आगमन ने झुग्गी को नरक में तब्दील कर दिया है। डेंगू ने भी पैर पसारना शुरू कर दिया है। झुग्गी के बहुत लोग अस्पताल में भर्ती हैं। कजरिया को पता है यह मच्छर के काटने से ही फैलता है। इसका मच्छर दिन में ही काटता है। उसे अपने बच्चों की चिंता सता रही है।

एक दिन अचानक शाम को पड़ोस से रोने की आवाज आने लगी। उसके पड़ोस में रहनेवाले टहलू की डेंगू से मौत हो गई है। करूण-क्रंदन से माहौल शोकमय हो गया है।

कजरिया का हृदय कांप उठा। उसका जी घबड़ा रहा है। जाने किसी अनहोनी की आशंका हो रही है।

*****

आज रामजीवन बड़ी जल्दी घर लौट आता है। मन अच्छा नहीं लग रहा है। चुप-चाप लेट जाता है। बोल-चाल तो बंद है ही। छोटा बेटा पापा के पास गले में हाथ डाले लेट जाता है।

-मम्मी पापा का दे बोत गलम है। पापा आपतो बुखार है?

-हाँ बेटा। बुखार जैसा लग रहा है। गाँठ-गाँठ दर्द कर रहा है।

-मैं दबा दूं। ठीक हो जाएगा। छोटा मासूम पूरा आश्वस्त था।

कजरिया का मन पसीजने लगा। वह धीरे से अपने पति के सिरहाने बैठ जाती है। उसका सिर सहलाने लगी। बहुत ग्लानि हो रही है। मेरे ही कारण ये सब हुआ है। मैं ही हमेशा किच-किच करते रहती थी।

कजरिया ठंडे तेल का मालिश करती है परंतु आराम नहीं हो रहा है। बेचैन हो उठती है। आस-पास मदद के लिए दौड़ती है। किसी तरह अस्पताल

में भर्ती करवाती है। डॉक्टर ने डेंगू का लक्षण बताया।

अगले दिन जांच में भी स्पष्ट हो गया। कजरिया बदहवास सी है। उसे चिंता सता रही है कि यहाँ कौन उसकी मदद करेगा? उसे गाँव की याद आने लगती है। जरा सी कोई बात होने पर पूरा टोला, गाँव इकट्ठा हो जाता है। मदद को अनगिनत हाथ बढ़ने लगते हैं। परंतु यहाँ परदेश में कौन मदद करेगा। कहीं कुछ हो गया तो मासूम बच्चों को ले कहाँ जाएगी? देवी-देवताओं की मन्नतें करने लगी। नहीं.....नहीं मुझे ऐसा नहीं सोचना चाहिए।

एकाध हफ्ते में अच्छी चिकित्सा मिलते रहने से रामजीवन के हालत में सुधार होने लगा। पर बहुत कमजोरी महसूस होती थी। बच्चे भी सहमे-सहमे थे।

*****

रामजीवन अब पूरी तरह ठीक हो चुका है। परंतु कमजोरी अभी भी है। शरीर आधा हो गया है। घर खबर नहीं की। नाहक माँ-बाबूजी चिंता करेंगे और आने की जिद करने लगेंगे। माँ तो चिंता से अन्न-जल त्याग देगी।

वापस रामजीवन अपनी खोली में पहुच चुका है। कजरिया बहुत देख-भाल करने लगी है।

रामजीवन कहता है -अबकी दशहरा में घर चलेंगे तो नहर वाली जमीन बेचकर यहाँ कुछ जमीन खरीद लूंगा।

-नहीं। दशहरा नहीं। आप ठीक से स्वस्थ हो लो। हम अब यहाँ नहीं रहेंगे। रोजगार के लिए ऐसी जिल्लत और नारकीय जिंदगी? हमारा वो खुला आँगन, घर, माँ-बाबूजी, गाँव हमें वापस चाहिए। कजरिया ने अपना फैसला सुना दिया।

-नौकरी नहीं करेंगे तो खाएंगे क्या? रामजीवन ने अपनी चिंता जाहिर की।

-खेतों में काम करेंगे। मैं भी आपका हाथ बटाऊंगी। बच्चे वहीं कुणाल सर के नए कॉन्वेंट में पढ़ेंगे।

रामजीवन को माँ-बाबूजी की बहुत याद आ रही है। उसे अपना बचपन याद आ रहा है। ऐसा लग रहा है कि पर लग जाएं और तुरंत अपने गाँव पहुँच जाए। माँ-बाबूजी को फोन पर कजरिया का प्रस्ताव सुना देता है। बूढ़े-बूढ़ी की पथराई आँखों में चमक कौंध जाती है। आज के समय वो लोग बहुत भाग्यशाली हैं जिनको अपने बेटों, बेटियों, नाती-पोतों के साथ बुढ़ापा बिताने का सौभाग्य प्राप्त होता है। अब बेटे-पोतों की आस में आँखें नहीं तरसेंगी। क्योंकि विकास अब गाँव की ओर मुड़ चला है।

द्वंद

दूर तक गंगा का विस्तीर्ण रेतीला तट। बीच-बीच में उगी झाड़ियां। किलोल करती लहरें। नदी की मझधार से नाविकों का गूँजता गायन। एक अद्भुत छटा है। बबूल के पेड़ के नीचे बैठा इन सब से अंजान एक व्यक्ति। कभी अपने आप से बड़बड़ाता तो कभी तट की ओर निहारता। किसी गंभीर सोच में डूबा हुआ। ऐसा प्रतीत हो रहा था कि वह इस दुनिया का होकर भी नहीं है।

उस व्यक्ति का नाम मनोहर है। उसके मन में एक द्वंद चल रहा है। यह द्वंद एक आवेग से उसकी चिंतन शीलता को प्रभावित कर रही है। कारण रंजना का संदेश है। उसके संदेश ने मनोहर के मन में उथल-पुथल मचा दी है।

रंजना मनोहर की दूर की रिश्तेदार है। मनोहर के छोटे साले की शादी में दोनों की मुलाकात हुई थी। रंजना मंझले कद की छरहरी काया वाली महिला थी। उम्र तकरीबन तीस वर्ष। नैन-नक्श तीखे। एक अजीब सी कसक। जो भी देखे बरबस उसकी ओर आकर्षित हो जाए। हंसमुख चेहरा। उसका पति कोलकाता में किसी बहुराष्ट्रीय कम्पनी में कार्यरत था। दो प्यारे बच्चे। एक की उम्र पांच वर्ष और दूसरे की दो वर्ष।

वहीं मनोहर पटना में केंद्र सरकार के एक कार्यालय में सहायक के पद पर था। छरहरा हैंडसम जवान। उसकी शादी हुए नौ वर्ष बीत चुके हैं। पांच वर्ष का पुत्र नमन और तीन साल की प्यारी बच्ची राधिका। दोनों का छोटा परिवार था। विवाह के बाद भी मनोहर के जीवन में एकाकीपन था। उसे कुछ कमी महसूस होती थी। परंतु क्या मालूम नहीं।

मनोहर और रंजना का परिचय विवाह समारोह में हुआ। दोनों एक दूसरे के व्यक्तित्व से प्रभावित हुए। मोबाईल नम्बरों का आदान-प्रदान हुआ। विवाहोपरांत दोनों अपने-अपने गंतव्यों को लौट गए। पर दोनों के बीच ह्वाट्सअप पर संदेशों का आदान-प्रदान होने लगा। क्रम की शुरूआत रंजना के द्वारा ही हुआ। प्रारंभ में दोनों के बीच शिष्टाचारमूलक संदेशों का आदान-प्रदान होता था। परंतु फिर कब शिष्टाचारमूलक संदेशों से दोनों आगे बढ़कर भावनात्मक हो गए पता ही न चला। अब दोनों के बीच हर तरह की दिवार खत्म हो गई थी। हर तरह की बातें साझा होती थी। रंजना अपने निजी पारिवारिक बातें साझा करती। मनोहर आवश्यकतानुसार सलाह देता।

रंजना का पति अपने कार्य में ही अधिकतर व्यस्त रहता। उसकी ड्यूटी अधिकतर रात्रि में ही होती थी। सुबह आना। दैनिक कार्यों का निपटारा और फिर स्मार्टफोन या लैपटॉप पर लगे रहना। भोजन करना और निद्रा के आगोश में खो जाना। रंजना दिन-भर घर के काम-धंधों में एवं बच्चों को सम्हालने में लगी रहती। दिन तो बीत जाता पर रात्रि पीड़ादायक लगती। पति की अनुपस्थिति में एक अनजान सा भय का अहसास होता। बच्चे सो जाते और वह देर रात तक जगी रहती। इन्हीं एकाकी के पलों ने संदेशों का आदान-प्रदान शुरू किया।

क्रम यूं बढ़ा कि दोनों के बीच एक कड़ी जुड़ गयी। भरा-पूरा परिवार होने के बाद भी दोनों के एकाकीपन को दूर करने का एक जरिया बन गया। रंजना के पति के पास अपनी पत्नी के लिए वक्त नहीं था दूसरी ओर सुयोग्य पत्नी के होने के बावजूद मनोहर एकाकी था। रंजना से संपर्क ने उसके

एकाकी और रिक्त जीवन की पूर्ति कर दी। संदेशों के आदान-प्रदान में वक्त का पता ही पहीं चलता। रंजना व्यग्रता से अपने पति के ड्यूटी जाने और बच्चों के सोने का इंतजार करती।

उधर मनोहर जैसे-तैसे कार्यालय में अपना समय बिताता और रात्रि होने की प्रतीक्षा करता। पत्नी और बच्चे घर पर उसकी प्रतीक्षा करते परंतु मन मसोस कर रह जाते। मनोहर ध्यान नहीं देता था। सबों ने परिस्थिति एवं माहौल के अनुसार एक सामंजस्य स्थापित कर लिया था। नए परिवर्तन के बाद मनोहर की पत्नी ही बच्चों के लिए माँ और पिता दोनों का किरदार निभा रही थी। एकाध बार विद्रोह भी हुई। मनोहर का पारा चढ़ जाता और दो टूक जवाब मिलता यदि मेरे साथ नहीं निभती तो अपना फैसला लेने के लिए स्वतंत्र हो। पत्नी ने नियति मान संतोष कर लिया था। दो बच्चों का ख्याल करना था। अपने सगे-संबंधियों से बात साझा करने से मामला और बिगड़ने की आशंका थी। अपना एकाकीपन बच्चों में दूर करने का प्रयास करती और व्यस्त रखने का हर संभव चेष्टा करती। फिर भी तिरस्कार सामंजस्य पर हावी हो ही जाता है। पर बच्चों का चेहरा हर भावनाओं पर भारी पड़ जाता।

बदलते समय ने इंसान के जीवन में हर मोर्चे पर प्रभाव डाला है। सांसारिक जीवन उससे अछूता नहीं है। सोशल मीडिया वरदान के साथ-साथ अभिशाप भी बनता जा रही है। एकाकीपन को दूर करने के साथ यह हमें हर रिश्ते-नातों से दूर कर रहा है। इसने सामाजिक डर, लोक-लाज और दवाब की भावना को खत्म कर दिया है। नैतिक और चारित्रिक पतन चरम पर है। जीविकोपार्जन की व्यवस्था भी कुछ ऐसी हो चुकी है। परिवार की आवश्यकताओं की पूर्ति भी आवश्यक है। चाहकर भी अपने मन की नहीं कर पाते। हम स्वयं के लिए भी वक्त नहीं निकाल पाते हैं। इन सब का असर परिवारों पर भी पड़ा है। एक ही छत के नीचे रहने वाले एक दूसरे से अंजान होते जा रहे हैं। पति-पत्नी का साथ एक बोझ की तरह प्रतीत होता जा रहा है। हमने रिश्तों को जीना नहीं ढोना शुरू कर दिया है।

शायद इन दोनों के बीच भी कुछ यही हो रहा था। मनोहर को रंजना से संपर्क एक खुशी और नयापन प्रदान करता। संदेश आते ही रोमाँचित हो उठता। अपनापन महसूस होता। उसकी हृदय की धड़कन तेज-तेज चलने लगती। चेहरे पर हमेशा मुस्कान तैरती रहती। परंतु जब रंजना का पति रात में घर पर होता तो दोनों का संपर्क विच्छिन्न हो जाता। सबसे ज्यादा परेशान मनोहर रहता। समय काटना पहाड़ जैसा लगता। बहुत बेचैनी होती।

मजे की बात यह थी कि संदेशों के आदान-प्रदान में समय का पता ही नहीं चलता। समय कम पड़ जाता। बातें खत्म ही नहीं होती। जबकि फोन पर वार्तालाप होने पर विषय और शब्दों का अकाल रहता था। कोलकाता और पटना की भौगोलिक दूरी दिलों की दूरी से सैकड़ो गुणा ज्यादा थी। दोनों दूर होते हुए भी एक दूसरे से एक सूत्र में गूथे हुए थे। वहीं दोनों के जीवनसाथी इस नजदीकी से अनभिज्ञ थे। इन सब के बावजूद सभी अप. नी-अपनी जिंदगी जी रहे थे या यूं कहें कि ढो रहे थे।

यह नजदीकी कई वर्ष अनवरत जारी रहने के बाद सहसा एक ऐसे पड़ाव की ओर बढ़ने लगी जैसे तेज गति से दौड़ रही ट्रेन सहसा जोरदार ब्रेक लेते हुए ठहरने का प्रयास कर रही हो। रंजना की ओर से संदेशों के आगमन में निरंतरता का अभाव दिखने लगा। अब तो वह कई-कई दिनों तक संदेश नहीं भेजती और ना ही मनोहर के ताबड़तोड़ संदेशों का जवाब देने का श्रम करती। मनोहर बेचैन रहने लगा। फोन करता तो जवाब नहीं मिलता। उसकी स्थिति विक्षिप्तों सी होने लगी। महसूस करता जैसे सब कुछ हर लिया गया है। अब कुछ बचा ही नहीं है।

एक दिन रंजना का लंबा-चौड़ा संदेश आया। मनोहर की प्रसन्नता का ठिकाना न रहा सुखने की कगार पर पहुँच चुकी फसल को जैसे प्रचुर जल की प्राप्ति हो गई हो। पढ़ने लगा -मनोहर, हम दोनों की बसी-बसाई जिंदगी है। हमारे बच्चे भी हैं जो बड़े हो रहे हैं। दोनों के दायरे सीमित हैं। मैं कब तुम्हारे इतना करीब आ गई कि पता ही नहीं चला और अपने पति व बच्चों से दूर होती चली गई। इस संबंध की निरंतरता का शिकार कुल

आठ लोग होंगे-चार वयस्क और चार अबोध मासूम। तुम्हारी पत्नी बहुत ही सुशील और तुम्हें प्यार करने वाली है। हमें वास्तविकता को नहीं भूलना चाहिए। हो सके तो मुझे माफ करना। मैं यह संबंध, जो गलत है, को अपनी तरफ से खत्म कर रही हूँ। तुम्हारा नम्बर डिलिट कर रही हूँ। मेरे प्रति जरा सी भी भावना हो तो दुबारा संपर्क करने का प्रयास मत करना। बाय। शुभ रात्रि।

मनोहर पढ़कर सन्न रह गया। पूरा शरीर कंपकंपा रहा है। जैसे शरीर का कोई अंग अलग हो गया हो। दर्द तो हो रहा है परंतु चाहकर भी व्यक्त नहीं कर पा रहा है। दहाड़ मारकर रोने की इच्छा बलवती हो रही है परंतु आँखों से आँसू भी नहीं झर रहे। इसी उहापोह में उठकर दूसरे कमरे में जाता है जहाँ पत्नी और बच्चे सो रहे हैं। पत्नी बच्चों के संग लेटी हुई है। चेहरे पर एक सुकून का भाव झलक रहा है। बच्चे कितने मासूम से लेटे हुए हैं। दोनों अपनी माँ को हाथों से जकड़े हुए हैं। ज्यों अपने से अलग नहीं होने देंगे। मनोहर को लग रहा है कितने वर्षों बाद उन्हें देख रहा है। वह बाहर आकर बरामदे में चहलकदमी करने लगा।

सारी रात जैसे तैसे काटी। सुबह तैयार होकर कार्यालय के लिए निकल पड़ा। आज अपना लंच भी साथ नहीं ले गया। पत्नी डब्बा हाथों में लिए खड़ी रह गई। पूरे दिन कार्यालय में गुमसुम बैठा रहा सहकर्मियों ने कारण पूछनी चाही पर कोई प्रतिक्रिया नहीं मिली। सब अपने-अपने काम में लग गए। वह कार्यालय से जल्दी निकल पड़ा। परंतु घर नहीं कहीं और जहाँ कोई इंसान न हो। गंगा के तट पर। सोच में मग्न। रंजना ने अच्छा नहीं किया। धोखा दिया। ऐसा उसके साथ क्यों किया? क्षण में बेघर कर दिया। उसके शब्द बार-बार गूँज रहे हैं।

कई घंटे सोच-विचार में मग्न रहने के बाद धीरे-धीरे सामान्य होने लगा। जब हम चोट खाते हैं तो तकलीफ बलवती होती है। हम सामान्य नहीं हो पाते। सामान्य न होने पर हमारी बुद्धि काम नहीं करती। मनोहर का दूसरा कोना जाग्रत हो रहा है। नहीं। उसने कुछ गलत तो नहीं किया।

उसकी बातें अक्षरशः सही हैं। हमारे रिश्ते का क्या नाम था? इसका भविष्य क्या है? दोनों का भौतिक मिलन क्या परिणाम लेकर आता? दो परिवारों का टूटना। मासूम अबोध बच्चों के सिर पर पहाड़ टूट पड़ना। मैं क्या चाहता था? इसकी परिणति किसी के जीवन के अंत से भी तो हो सकती थी। रंजना ने सही किया। मेरी आँखों पर ही पर्दा पड़ गया। मैं कितने बड़े पाप के पथ पर अग्रसर था। छिः! धिक्कार है मुझे।

नजदीक के मस्जिद से लाउड स्पीकर पर अजान की गूँज से मनोहर की तंद्रा भंग हुई। अंधेरा चुपके से आ चुका था। पास के घाट से तेज रोशनी आ रही थी। सामने एक कुत्ता बैठा उसकी ओर टकटकी लगाए बैठा था। शायद उसे भी सानिध्य की तलाश थी। गंगा की लहरें पूर्ववत इठला रही थी। झींगुर अपना गायन कर रहे थे। अंधेरा सजीव एवं सुखमय लग रहा था। मनोहर उठा और तेज कदमों से घर की ओर चल पड़ा। जल्द से जल्द घर पहुँचना चाहता था। पर घर की दूरी बढ़ती प्रतीत हो रही थी। मुख्य सड़क से अपनी गली की ओर मुड़ता है। सामने बरामदे पर उसकी पत्नी आतुर भाव से उसकी प्रतीक्षा करती मिली। बच्चे भी सहमे और सशंकित दिख रहे थे। मनोहर पास पहुँचता है और ठिठक जाता है। सभी एक दूसरे को देखते हैं। मनोहर की आगे बढ़ने की हिम्मत नहीं हो रही है। पर अंदर दबी भावना हावी हो गई और वह धम से जमीन पर बैठ गया। दोनों बाहें बरबस फैल गईं।

बच्चे सशंकित होकर अपनी माँ की ओर देखते हैं और झिझक कर पिता की ओर दौड़ पड़ते हैं। पिता से चिपट जाते हैं। मनोहर की आँखों से आँसू झर रहे हैं। पत्नी डबडबाई आँखों से इस अचानक हुए परिवर्तन को हतप्रभ हो देख रही है। मनोहर की नजरें अपनी पत्नी पर गड़ी हुई हैं। कितनी सुंदर लग रही है। कई वर्षों बाद देख रहा है। नजरें जैसे माफी माँग रही हैं। वह अपनी वास्तविक दुनियां में लौट आया है। मनोहर का द्वंद समाप्त हो चुका था। झींगुरों का गायन वादन जारी है।

नया सवेरा

अनिमेष बस से उतरता है। कुछ देर तक बस स्टॉप पर ही खड़ा रहता है। पाँव घर की ओर उठते हैं। कुछ दूर चलता है परंतु फिर ठिठक कर खड़ा हो जाता है। नहीं। वहाँ जाकर क्या करेगा? फिर बाबा (पापा) के वही प्रश्न? वही झिड़कियां, वही ताने। फिर माँ का बीच-बचाव करने आना। पापा का गुस्सा अनिमेष से हटकर माँ पर शिफ्ट हो जाना। कलह, अशांति। रोज-रोज के इस खटपट से तंग आ गया है अनिमेष।

आज पापा के एक मित्र के रेफरेन्स से एक बहुराष्ट्रीय कम्पनी के कार्यालय गया था। इंटरव्यू देने। परंतु वहाँ हमेशा की तरह उसके भाग्य ने फिर उसका साथ नहीं दिया। नौकरी किसी और को मिली। बड़ी पैरवी लेकर अगला बंदा आया था।

घर जाने पर फिर वही पुराना राग शुरू हो जाएगा। अनिमेष को अब कोई फर्क नहीं पड़ता। आदत सी हो गई है। बचपन से ही ताने सुन-सुनकर ताना प्रूफ हो गया है। हाँ, फर्क इतना है कि पहले सिर्फ बाबा और दादा (बड़ा भाई) ही ताना मारा करते थे परंतु अब संख्या में इजाफा हो गया

है। अब भाभी भी विषैले तीरों से उसको छलनी करने का कोई मौका नहीं चूकती। दीदी (बड़ी बहन), जीजाजी भी फोन पर यदा-कदा ताने मारकर अपनी कला का प्रदर्शन कर लिया करते थे। केवल एक माँ ही थी जो उसका हमेशा साथ देती थी।

बाबा उसे बचपन से ही पसंद नहीं करते थे। अनिमेष को पढ़ने-लिखने में रूचि नहीं थी। मार और डांट का कोई असर नहीं था। दादा और दीदी पढ़ाई में बचपन से ही मेधावी थे। हमेशा अच्छे अंकों से पास होते थे। वहीं अनिमेष घिसटकर अगली कक्षा की पायदान चढ़ता था। पापा का प्यार दादा और दीदी पर उमड़ना स्वाभाविक था।

घर पर मेहमान आते थे तो बाबा दादा और दीदी की प्रशंसा करते नहीं थकते थे। वहीं अनिमेष की कमियों का पिटारा सबके सामने खोल देते थे। जब भी मेहमान आते अनिमेष बचने की कोशिश करता। बाल मन ग्लानि अनुभव करता था। कई मेहमान तरह-तरह के विशेषण का प्रयोग कर चिढ़ाने में आनंद प्राप्त करते थे।

दादा एक बहुराष्ट्रीय कम्पनी में एच.आर. मैनेजर के पद पर थे। डेढ़ लाख रूपए पगार थी। नौकरी लगते ही अपनी पत्नी को लेकर एक किराए के फ्लैट में शिफ्ट हो गया था। दीदी वर्धमान में एक प्रतिष्ठित कॉलेज में लेक्चरर थी। वहीं अनिमेष बाबा की नजरों में नालायक, निकम्मा और कामचोर था जिसका कुछ नहीं हो सकता था। इन खूबियों को उसे हमेशा महसूस कराया जाता था।

ऐसा नहीं था कि अनिमेष एकदम बेकार था। सिर्फ पढ़ाई में उसे मन नहीं लगता था। फिर भी उसने ग्रेजुएशन पूरी की थी। भले ही घिसटकर सही। मुहल्ले में उसके दादा और दीदी किताबी कीड़े के रूप में मशहूर थे तो वहीं अनिमेष एक सामाजिक, हंसमुख और मिलनसार लड़का के रूप में। हर किसी के सुख और दुख में शरीक होने वाला। उसकी रूचि खाने और खिलाने में थी। अपने दोस्तों में कुक के नाम से मशहूर था। उसके बनाए व्यंजन खानेवाले हाथ चाट-चाट कर खाते थे। बचपन से ही उसकी इच्छा

एक अच्छा सा रेस्तरां खोलने की थी। ग्रेजुएशन का रिजल्ट आने के बाद ही उसने माँ से अपनी इच्छा जताई थी।

एक दिन बाबा का अच्छा मूड देखकर उसकी माँ ने रेस्तरा खोलने के लिए उसके बाबा से बात की। आग बबूला हो गए थे। लंबा-चौड़ा प्रवचन दे डाला था।

हरामखोर अब यही करेगा। लोगों के जूठे बर्तन धोएगा और गालियां खाएगा। जाने किस मुहूर्त में जन्मा था। खानदान की नाक कटाने की कसम खाए बैठा है। अरे अपने दादा और दीदी को देखकर भी तो कुछ सीखो। हमारा नाम रोशन कर रहा है। एक तूं है। मुझे चिंता खाए जाती है कि नालायक की जिंदगी कैसे गुजरेगी।

उस दिन एक-एक शब्द चुभे थे। जी करता था किसी ट्रेन के नीचे छलांग लगा दे या लेक में डूब मरे। बाबा के कलेजे को ठंडक पड़ जाए। तमतमाता हुआ लेक पहुँच भी गया था। परंतु माँ का रोता चेहरा याद आते ही रूक गया। कोई भी नौकरी लेकर बाबा को दिखाना है कि वह नकारा नहीं है। उसी दिन से नौकरी की तलाश शुरू हुई जो पिछले एक महीने से जारी है।

*****

अनिमेष बस स्टॉप से घर न जाकर लेक पहुँच जाता है। नियमित का काम है। निराश-हताश होकर यहीं घंटो बैठा रहता है। रात को जब बाबा भोजन कर अपने बिस्तर पर जा चुके होते हैं तब दबे पाँव घर में प्रवेश करता है। परंतु कई बार आकलन गलत होने पर मुठभेड़ हो जाती है और लंका कांड का प्रारंभ हो जाता है।

लेक। लेक कोलकाता के ढाकूरिया के पास स्थित एक मानव निर्मित झील है। इसका निर्माण अंग्रेजों ने करवाया था। प्रेमी-जोड़ों के मिलन-स्थल के रूप में प्रसिद्ध है। कोलकाता के कंक्रीट के जंगल से बच गए हरे-भरे क्षेत्रों में से एक।

ठंडी हवा बह रही है। अनिमेष निमग्न बैठा है। नीरवता को लेक के उस पार गुजरती ट्रेनें कभी-कभार तोड़ देती हैं। पर इसका अनिमेष पर कोई फर्क नहीं पड़ता है। संघमित्रा आती है। चुपचाप उसके पास बैठ जाती है। अनिमेष अनभिज्ञ है। संघमित्रा उसकी पड़ोसी है। दोनों बचपन से ही एक-दूसरे को पसंद करते हैं।

अनिमेष, मैं तुम्हें ढूंढने तुम्हारे घर गई थी। माँ ने बताया जॉब के लिए इंटरव्यू देने गए हो। मुझे पता था शाम को यहाँ तो मिलोगे ही। क्या हुआ?

-नहीं मिली।

संघमित्रा -कोई बात नहीं। फिर कोशिश करना।

अनिमेष -मेरी कोशिश का जवाब भगवान भी नहीं देते हैं। बाबा सही ही कहा करते हैं कि मैं किसी काम का नहीं हूँ।

संघमित्रा -ऐसा नहीं है। ईश्वर उचित समय आने पर हमारी सुनता है। तुम्हे सफलता जरूर मिलेगी। अच्छा छोड़ो। चिंता मत करो। चलो आज तुम्हारे हाथ की बनी भापा इलिश (हिल्सा मछली का एक व्यंजन) खाने का मन हो रहा है। अपने बाबा को सारा सामान लाने बोल के आई हूँ।

अनिमेष -क्यों नहीं मुझे अपने घर में कुक की नौकरी पर रख लेती हो। तनख्वाह नहीं लूंगा। सिर्फ दो वक्त का भोजन। बस।

दोनों खिलखिला पड़ते हैं। हाथों में हाथ डाले घर की ओर चल पड़ते हैं। संघमित्रा के घर के दरवाजे पर पहुँचते ही दोनों ठिठक जाते हैं। अनिमेष के बाबा संघमित्रा के घर से निकल रहे हैं। दोनों को घूरते हैं।

-सुनो संघमित्रा। इस नालायक का अपना भविष्य तो अंधकारमय है। नाहक तुम इसके पीछे अपना भविष्य भी खराब करोगी। इससे दूर रहो। मैं तुम्हारे बाबा को भी बोल के आ रहा हूँ।

एक घृणा भरी नजर अनिमेष पर डालते हैं और चले जाते हैं।

सारा माजरा संघमित्रा के बाबा अंदर से देख रहे थे। बाहर आकर अनिमेष

को कहते हैं-

-कोई बात नहीं बेटा। मेरे पास आए थे। गुस्से में थे। बुरा नहीं मानना। सब ठीक हो जाएगा।

अनिमेष हंसकर संघमित्रा के साथ सीधे उसके किचन में पहुँच जाता है। पूरी तल्लीनता से भापा इलिश तैयार करने में जुट गया। संघमित्रा उसकी मदद कर रही थी।

भापा इलिश तैयार हुआ। सबने भोजन ग्रहण किया। हमेशा की तरह उसके पाक कौशल की जमकर प्रशंसा हुई। संघमित्रा के बाबा ने आज कह ही दी कि बेटा एक रेस्तरां खोल ले। पैसे की मदद मैं करूंगा।

-बिल्कुल काका। समय आने दो। अच्छा अब चलता हूँ। माँ चिंता कर रही होगी।

बाहर निकलने पर माँ को अपने घर के दरवाजे पर खड़ी देखता है। परेशान दिख रही हैं। अनिमेष का कलेजा धक-धक करने लगा। कहीं बाबा को कुछ हो तो नहीं गया। तेजी से कदम बढ़ाता है।

-बेटा तेरे बाबा की हालत बहुत गंभीर है। शाम से सीने में दर्द थी। डॉक्टर को दिखाने को बोला तो मना कर दिए। तेरे भाई को फोन किया तो बोला घबराओ नहीं ठीक हो जाएगा। अभी बिजी हूँ कल आकर देख लूंगा। मैं कब से तेरा इंतजार कर रही हूँ। कुछ कर ना...............मुझे बहुत डर लग रहा है।

अनिमेष -घबराओ नहीं माँ।

अनिमेष बाबा के कमरे में पहुँचता है। देखता है कि बाबा सीने पर हाथ रखे दर्द से छटपटा रहे हैं। आँखे बंद हैं।

अनिमेष भागता हुआ बाहर गया और एक टैक्सी में सवार होकर लौटा। आनन-फानन बाबा को लेकर नजदीक के सरकारी अस्पताल भागा। ड्यूटीरत डॉक्टर ने जांच कर कहा कि मेजर हार्ट अटैक है। हमारे यहाँ इस

वक्त संबंधित डॉक्टर नहीं हैं और यहाँ उतनी अच्छी व्यवस्था नहीं है। आप इन्हें किसी और अस्पताल ले जाएं। हाँ ज्यादा देर न करें।

अनिमेष जैसे-तैसे बाबा को लेकर मेडिकल कॉलेज अस्पताल को भागा। वहाँ डॉक्टरों ने बाबा को भर्ती कर लिया। अनिमेष ने दादा और दीदी को फोन पर सूचना दे दी।

अगले दिन उसका बड़ा भाई अपनी पत्नी के साथ अस्पताल पहुँचा। कुछ देर बैठा रहा फिर अपनी सास की तबियत खराब होने की बात कह चला गया। जाते-जाते अनिमेष को हिदायत दे गया कि बाबा का ध्यान रखना। अपडेट देते रहना।

अनिमेष सिर हिला देता है। अपने भाई पर बहुत गुस्सा आ रहा है। एक बार भी पूछना उचित नहीं समझा कि पैसे हैं या नहीं। खानापूर्ति करने आया था। ऐसा तो कोई दूसरा भी नहीं करता है।

दीदी भी देखने आई और उसी दिन चली गई। दादा और भाभी रोज आते, बाबा को देखकर चले जाते। अनिमेष बाबा के साथ ही रहता। उनकी पूरी सेवा कर रहा था।

दस दिन बीत गए। बाबा की हालत में सुधार होते देख डॉक्टरों ने उन्हें छुट्टी दे दी। बाबा को घर ले आया गया। अनिमेष घर पर ही बाबा का पूरा ख्याल रखता। बाबा कुछ कहते नहीं परंतु अनिमेष को एकटक देखते रहते।

एक दिन घर पर दादा, भाभी और दीदी बाबा को देखने आए थे। बाबा आँखे मूंदे लेटे हुए थे। अनिमेष उनके सिरहाने ही बैठा था। माँ भी पास ही बैठी थी। भाभी और दीदी भी कमरे में आकर बैठ जाती हैं।

-माँ आपसे कुछ कहना है। हमलोग पहले ही बात करना चाहते थे परंतु बाबा को ऐसा हो गया। कह नहीं सके। -भाभी ने चुप्पी भंग की।

माँ-बोलो बेटा।

भाभी -माँ आप तो जानती ही हो कि आपके बेटे को कितनी तनख्वाह

मिलती है। महंगाई के जमाने में गुजारा मुश्किल है। हमलोग एक फ्लैट लेने की सोच रहे हैं। बाबा को रिटायरमेंट में जो पैसे मिले थे वो तो जमा हैं ही। कुछ पैसे हमारे पास जमा हैं। कुछ बैंक से लोन लेंगे।

माँ ने टोकते हुए कहा -कुल मिलाकर वही तो बचे हैं और ये मकान। आफत मुसीबत में, इस बुढ़ापे में किसके आगे हाथ फैलाएंगे। हमारी और कोई जमा-पूंजी तो थी नहीं। तुम्हारे बाबा ने अपनी पूरी कमाई बच्चों को अपने पैरों पर खड़ा करने में झोंक दी। कितने कष्टों से बच्चों को मैंने बड़ा किया है मैं ही जानती हूँ। अपने अरमानों का हमने गला घोंटा ताकि बच्चे बड़े होकर लायक बनें। जो पेंशन बाबा को मिलती है उससे किसी तरह से गुजारा होता है। अनिमेष भी बेरोजगार है।

तभी दादा प्रवेश करते हैं।

-माँ बहू की बातों को अन्यथा न लो। हर कोई अपने भविष्य की चिंता करता है। वह भी वही कर रही है। आज न तो कल बंटवारा तो करना ही है। हमारा जो हिस्सा होता है वो दे दो। रही बात आफत मुसीबत की तो हम हैं ना। छोड़ थोड़े ही देंगे।

माँ-रहने दे बेटा। देख ही रहे हैं। इतने साल हुए तुझे नौकरी लगे। कभी कुछ माँगा? हमें तुमसे कुछ नहीं चाहिए। किसी तरह हम गुजारा कर ही लेंगे। रही बात भविष्य की तो बेटा, कोई भी माँ-बाप यह नहीं चाहता कि उसकी संतान कष्ट में रहे। बाबा को ठीक होने दे मैं बात करूंगी।

दीदी-देखो माँ ! मुझे कुछ नहीं पता। मेरा हिस्सा अलग कर दो। आज आप और बाबा जिंदा हो। कल न रहोगे तो मुझे कुछ नहीं मिलेगा। मुझे इन सब पर रत्ती भर भी भरोसा नहीं है।

अनिमेष से न रहा गया। फट पड़ा-आपलोगों को जरा भी शर्म नहीं है। बाबा मर कर बचे हैं। अभी पूरी तरह स्वस्थ भी नहीं हुए हैं और आपलोगों को हिस्सा चाहिए। ठीक होने दो, जिसे जो लेना है ले लेना।

भाभी का चेहरा तमतमा गया। बोली -सब तुम्हारे कारण हुआ

है। तुम्ही इस घर में पनौती हो। काम न काज का दुश्मन अनाज का। नालायक ! कामचोर कहीं का। मन भर खाता है और....

अनिमेष -देखो भाभी मुँह संभाल कर बात करो। मैं किसी....

दादा बीच में टोकते हुए -चुप हरामखोर कहीं का। जबान लड़ाता है। तेरी हैसियत क्या है? तेरे जैसे मेरे सामने बैठने से कतराते हैं। तूं हमें सिखाएगा।

माँ अनिमेष को चुप रहने का इशारा करती है। अनिमेष कसमसा कर रह जाता है। भाभी तमतमाते हुए कमरे से बाहर निकल जाती है। पीछे-पीछे दादा और दीदी।

बाबा की दोनों आखों से आँसू की बूंदे ढुलक जाती हैं। बाबा नींद में होने का भान कर रहे थे परंतु सारी घटना देख-सुन रहे थे। एक नजर अनिमेष पर डालते हैं फिर अपनी पत्नी पर। फिर छत की ओर एकटक ताकते रहते हैं।

जैसे-जैसे दिन बीत रहा था बाबा के स्वास्थ्य में तेजी से सुधार हो रहा था। बिस्तर पर पड़े-पड़े पीठ में घाव हो गया था। परंतु अनिमेष और उसकी माँ की सेवा से घाव तेजी से सूख रहे थे। अब तो अनिमेष के सहारा देने से उठ जाते थे। थोड़ी चहलकदमी भी करने लगे।

अनिमेष बाबा को स्वस्थ होता देख पुनः अपनी मंजिल ढूढने निकलने लगा। एक दिन संघमित्रा के पिता के रेफरेंस पर एक कम्पनी में इंटरव्यू देने गया। वहाँ उसका चयन हो गया। पच्चीस हजार रूपए तनख्वाह तय हुई। अगले महीने की एक तारीख को ड्यूटि ज्वाइन करनी थी।

अनिमेष बस स्टॉप पर उतरता है। परंतु सब कुछ बदला हुआ है। पैर हमेशा की तरह लेक की ओर बढ़ चलते हैं। परंतु आज ये पैर बोझिल नहीं हैं। आज खुशी से उठ नहीं रहे हैं। लेक किनारे अमलताश के पेड़ की नीचे बैठ जाता है। लेक के पानी में हवा से उत्पन्न लहरें कितनी सुखद अनुभूति दे रही हैं। सूरज नारंगी आभा लिए अपने बिस्तर समेटने की तैयारी में है।

उस पार गुजरती ट्रेन का शोर संगीतमय लग रहा है।

संघमित्रा का आगमन होता है। फिर वही प्रश्न।

–क्या हुआ अनिमेष?

–संघमित्रा आज नौकरी मिल गई है। पच्चीस हजार रूपए तनख्वाह। अगले महीने की एक तारीख से ड्यूटि ज्वाइन करनी है।

–बधाई हो ! मैं कहती थी न कि हिम्मत मत हारो। भगवान हमारी मदद जरूर करते हैं।

अनिमेष संघमित्रा को एकटक देखता है। फिर मुस्कुरा देता है।

दोनों काफी देर बातें करते रहे। अनिमेष आज खुलकर हँस रहा था। अंधेरा अपने पैर पसारने लगा था। लेक की बत्तियां जला दी गई थी। दोनों घर की ओर चल पड़े।

माँ दरवाजे पर खड़ी होकर उसका इंतजार कर रही थी। एक नई बात और थी। पापा मुख्य द्वार की सीढ़ियों पर बैठे थे।

बाबा की ओर देखते हुए अनिमेष माँ को खुशखबरी देता है। माँ बहुत खुश होती हैं। बाबा देखकर ऐसा भान करते हैं कि उन्होंने कुछ सुना नहीं। बाबा की बेरूखी से अनिमेष के चेहरे से खुशी गायब हो जाती है। माँ एक ओर ले जाकर अनिमेष को बताती है कि बाबा उसके बारे में शाम से कई बार पूछ चुके हैं। अनिमेष को विश्वास ही नहीं होता है।

माँ की ओर देखते हुए कहता है–बाबा को बोलो अंदर चलें। बाहर मच्छर बहुत हैं। काटेंगे। मलेरिया का प्रकोप बढ़ गया है। मैं नहीं चाहता वो फिर बीमार पड़ें। और हाँ, बहुत दिनों से इनकी गालियां और दुत्कार मिस कर रहा हूँ। बोल दो।

बाबा चुपचाप उठते हैं और घर के अंदर चले जाते हैं।

अनिमेष ! कितनी तनख्वाह मिलेगी? --बाबा पूछते हैं।

-बाबा, पच्चीस हजार अभी शुरूआत में। फिर उन्होने कहा है कुछ दिन में परफॉर्मेंस देखकर बढ़ाएंगे।

बाबा कुछ नहीं कहते हैं। थोड़ी देर शून्य में देखते हैं। फिर कहते हैं- सुना है तूं भोजन बहुत स्वादिष्ट बनाता है। आज तेरे हाथ का बना खाने का मन कर रहा है। खिलाएगा न?

अनिमेष बाबा को हतप्रभ देखता है। ऐसे शब्द बाबा के मुँह से कभी सुनने को नहीं मिले थे।

-बाबा जरूर खिलाऊंगा। पर आप मुझे कोस नहीं रहे हो सो अच्छा नहीं लग रहा है। बाबा कुछ बोलो न। बहुत दिन हो गए आपकी डांट सुने। बाबा चुपचाप नजरें नीची किए बैठे थे। आँसू की बूंदे टपक रही थी। कुछ देर चुप रहते हैं फिर कहते हैं -

बेटा मैंने अपनी एक संतान को खो दिया था। अब पाया है। मैं नाहक तुझ जैसे हीरे को खोता रहाँ

कुछ देर की चुप्पी के बाद अनिमेष किचन जाकर तैयारी करने लगा। उधर बाबा अनिमेष की माँ को कहते हैं कि संघमित्रा को भी खाने पर बुला ले।

अनिमेष ने भोजन तैयार किया। भात, भेटकी माच्छ का झोल, बेगुन भाजा, आलू-पटल पोश्तो....... देखकर मुँह में पानी आ जाए। डाइनिंग टेबुल पर थालियां लग गई। सभी चटकारे लेकर खाने लगे। बाबा परोसे पर परोसा लिए जा रहे हैं। अनिमेष की माँ डांटती भी है कि अभी बीमारी से उठे हो ज्यादा मत खाओ। लेकिन बाबा नहीं मानते हैं।

बाबा हाथ चाटते हुए कहते हैं -आज मुझे भरपेट खाने दो। टोको नहीं। आज वर्षों बाद ऐसा सुस्वादु भोजन नसीब हो रहा है। आज नहीं...

अनिमेष आत्म-संतुष्टि के भाव से भरा हुआ है। आज बाबा पहली बार उसके किसी कार्य से इतना खुश हुए हैं। जब कोई आपके हर कार्य में मीन

मेख निकाले। आपका कोई भी कार्य उसे पसंद न आए तो एक उदासीनता का भाव उत्पन्न हो जाता है। हम सिर्फ अपना कार्य करते हैं और बदले में प्रशंसा के दो बोल की आशा नहीं रखते। हमें पता होता है कि कोई लाभ नहीं होने वाला। या यूं भी कहें कि सामने वाला व्यक्ति एक स्वघोषित मानदंड पर हर एक चीज को तौलता है। एक ऐसा मानदंड जिस पर खरा उतरना मुश्किल ही नहीं नामुमकिन होता है। परंतु यही इंसान यदि विरले आपके कार्यों की प्रशंसा कर दे तो वह किसी विश्व विजय से कम नहीं होता है। अनिमेष आज ऐसा ही अनुभव कर रहा था।

बाबा -अनिमेष तू नौकरी ज्वायन करेगा?

अनिमेष कौतूहल से बाबा की तरफ देखता है।

-हाँ बाबा। कुछ तो करना पड़ेगा न? बडी मुश्किल से नौकरी मिली है। आपलोगों की उम्र हो चली है। हमेशा आपको मैंने दुख ही दिया है। मैं चाहता हूँ कि बुढ़ापे में मेरे कारण आपलोगों को कोई टेंशन न हो। आराम से सेवा कर सकूं।

बाबा-अच्छी तरह से सोच लिया है न? नौकरी ही करनी है? संतुष्ट हो पाएगा?

अनिमेष -हाँ बाबा। लेकिन आप बार-बार यही प्रश्न क्यों पूछ रहे हैं? रही बात संतुष्टि की तो विरले लोग ही होते हैं जिन्हें जीवन में संतुष्टि मिलती है। हम जैसा चाहते हैं वैसा हमेशा नहीं होता है। कुछ परिस्थितियां मजबूर करती हैं तो कुछ हमारा भाग्य। और बाबा, मैं दादा और दीदी की तरह कभी मेधावी तो रहा नहीं कि उनके जैसे पोजीशन पर पहुँच सकूं।

बाबा -तूं नाराजगी के कारण ऐसा बोल रहा है। मुझे अपने किए पर बहुत पछतावा है। मैंने हमेशा तुम्हारे साथ भेद-भाव किया है। तुझे कभी अपना समझा ही नहीं। जिनके लिए तुम्हारे साथ भेद-भाव करता था वे तो मेरे होकर भी मेरे नहीं थे। उन्हें मरणासन्न स्थिति में पड़े अपने बाप की जरा भी चिंता नहीं थी। जल्दी से बंटवारा करवा अपना हिस्सा लेना था।

बिस्तर पर सोचता रहता मेरे जिंदा रहते इनकी ये मंशा है तो मेरे मरने के बाद ये तेरी माँ की क्या हश्र करेंगे। पर जब भी तुझे अपने सिरहाने पर देखता आश्वस्त होता। तू तो है। कुछ बुरा नहीं होगा।

अनिमेष एकटक बाबा को देखता है। दबी भावनाएं और संवेदनाएं सीमा तोड़ने को आकुल थी। बाबा के गले से लिपट जाता है। आज कितना सुख मिल रहा है। बचपन में बाबा इसी तरह सीने से लगाए रखते थे। उनकी गोद में खूब घूमा-फिरा करता था। परंतु न जाने ये पढ़ाई कहाँ से बीच में आ गई कि उसके बाबा उससे दूर होते चले गए। मुआ पढ़ाई ने मेरे बाबा को मुझसे छीन लिया था। पर कोई नहीं अब मेरे बाबा मुझे वापस मिल गए हैं। अब दूर नहीं जाने दूंगा।

माँ और संघमित्रा की आँखें नम हैं। दोनों पिता-पुत्र के पुर्नमिलन के साक्षी बने हुए हैं। काफी देर तक दोनों पिता-पुत्र उसी अवस्था में रहे। अब उनमें कोई गिला शिकवा शेष नहीं था। सब बहती अश्रुओं ने दूर कर दिए थे।

*****

आज एक तारीख है। अनिमेष सज-धज कर ऑफिस जाने को तैयार है। अपनी माँ के पैर छूता है। फिर बाबा के कमरे में जाता है। बाबा के भी पैर छूता है। पीछे से माँ भी आ जाती हैं। कुछ देर शांति रहती है।

बाबा -नौकरी करेगा ही? कंफर्म है?

अनिमेष -बाबा नहीं तो और क्या करूंगा?

बाबा -एक बात बोलूं। तूं खाना बहुत अच्छा बनाता है। क्यों न इसी में अपने हाथ आजमा? संतुष्टि हमें जहाँ से भी मिले हमें उस पर अपना ध्यान केंद्रित करना चाहिए। हम अपनी रूचि के कार्य पूरी निष्ठा और लगन के साथ करते हैं। अतः सफलता की संभावना अधिक होती है। हमारे ऊपर बलपूर्वक थोपे गए कार्य हम अनमने ढंग से करते हैं जिसके कारण असफलता की संभावना अधिक रहती है। बाकी ऊपर वाले की मर्जी होती

है। वह जैसा चाहता है वैसा ही होता है।

अनिमेष आश्चर्य से बाबा को देखता है। आज क्या हो गया है इन्हें? पहले तो कितना सुनाया था। परंतु आज स्वयं? भरोसा नहीं हो रहा है। अपनी माँ की ओर देखता है। माँ मंद-मंद मुस्कुरा रही हैं।

बाबा-छोड़ नौकरी ज्वायन नहीं करनी होगी। रेस्तरां खोल ले। इस्टिमेट बनवा। जितना खर्च होगा, मैं दूंगा। और हाँ तूं कहीं नहीं जाएगा। हमारी नजरों के सामने रहेगा।

कुछ देर चुप रहते हैं। फिर अनिमेष से पूछते हैं -तुझे संघमित्रा पसंद है?

अनिमेष नजरें नीची किए हुए है। कुछ नहीं कहता है। मुस्कुरा रहा है। बाबा स्वयं कहते हैं -अच्छी लड़की है।

एक नए सवेरे का प्रस्फुटन हो रहा है।

नीड़

चारदीवारी से घिरा बड़ा अहाता था। बीच में मकान। मकान के चारों ओर फूल-पौधे करीने से लगे हुए थे। उत्पल दा बरामदे में बैठे सुबह की ताजी धूप का सेवन करते हुए चाय की चुस्कियां ले रहे हैं। उनके सामने एक तिनका गिरता है। नजर दौड़ाते हैं। रोशनदान पर एक पंडुकी दिखती है। रोशनदान में पंडुकी घोंसले का निर्माण कर रही थी। पंडुकी बड़ी फुर्ती से तिनकों को दबाए निर्माण कार्य में व्यस्त है। नन्ही आँखों में गजब की चमक है।

उत्पल दा पक्षी को देखते हैं और मंद-मंद मुस्कुराते हैं। उसकी चपलता उन्हें बहुत अच्छी लग रही है। तभी पंडुकी का साथी चोंच में तिनका दबाए पहुँचता है।

आज ऑफिस नहीं जाना है क्या? श्रीमती की आवाज गूँजती है।

उत्पल दा अपनी पत्नी को बुलाते हैं और रोशनदान की ओर इशारा करते हैं।

-भगाओ इनको। बरामदे में गंदगी फैलाएंगे।

-नहीं रहने दो। कितने मासूम लग रहे हैं। कहाँ जाएंगे बेचारे। कुछ भोजन-पानी रख देना। उत्पल दा अपनी बात रखते हैं।

श्रीमती जी शांत हो जाती हैं।

उत्पल दा ऑफिस के लिए निकल पड़ते हैं। जाते-जाते एक नजर रोशनदान की ओर डालते जाते हैं।

शाम को ऑफिस से लौटने के बाद बरामदे में बिछ जाते हैं। घोंसले की ओर चाय पीते-पीते निहारते हैं। मादा पंडुकी बैठी है। उन्हें घूर रही है।

उत्पल दा के लिए यह नित का कार्यक्रम बन जाता है।

उत्पल दा पंडुकी के घोंसले के निर्माण में उत्तरोत्तर प्रगति का गवाह बने हुए हैं। उसके भोजन-पानी का पूरा प्रबंध करते हैं। कालांतर में नीड़ का निर्माण संपन्न होता है। उत्पल दा को बहुत खुशी होती है।

एक दिन बड़ी वाली टेबल को सरकाते हुए दीवार के किनारे ले जाते हैं। चढ़कर घोंसले को देखते हैं। चार छोटे-छोटे अंडे हैं। पंडुकी नहीं थी। उन्हें बहुत अच्छा लग रहा है। नन्हे-नन्हे बच्चे होंगे। पंडुकी कितनी खुश होगी।

-क्यों बुढ़ापे में बड़ी जवानी छाई हुई है? गिरोगे तो हाथ-पैर टूट जाएंगे। उतरो वहाँ से। पत्नी का स्वर गूँजा।

उत्पल दा मंद-मंद मुस्कुराते हुए नीचे उतर जाते हैं।

धीरे-धीरे समय बीतता जाता है। अंडे बच्चे का रूप लेते हैं। दो बच्चे हैं। शायद दो अंडे खराब हो गए थे। धीरे-धीरे बच्चे बड़े होने लगते हैं। पंडुकी जब बच्चों को अपनी चोंच से भोजन कराती है और बच्चे चूं-चूं की आवाज से चोंच फैलाकर ऊपर की ओर उठाते हैं तो उत्पल दा को यह दृश्य वात्सल्यता के भाव से भर देता है।

उन्हें बापी के बचपन की याद आ जाती है। बापी उनके इकलौते बेटे का दुलार का नाम है। असली नाम नीलेन्द्र है। बचपन में उसे भोजन कराना

उनके और उनकी पत्नी के लिए किसी युद्ध से कम नहीं था। भाग-दौड़ मचाए रहता था। एक कौर खिलाने के लिए कितना भगाता था। दोनों पति-पत्नी का वक्त कैसे गुजरता पता ही नहीं चलता था।

उत्पल दा सोच में निमग्न हैं। समय कितनी तेजी से आगे बढ़ता है। नीड़ के निर्माण से लेकर बच्चों के बड़े होने तक समय कितनी तेजी से बीता। लगता है कि कल की ही बात हो। इंसान के साथ भी वही होता है। वो असहाय सा बालक जो बिना माता-पिता के सहारे के एक कदम भी नहीं बढ़ सकता था। बड़ा होता है। इतना बड़ा कि अब उसे अपने माता-पिता की तनिक भी आवश्यकता नहीं थी।

-कहाँ खोए हुए हो? कब से आवाज दे रही हूँ।

उँह...... उत्पल दा की तंद्रा टूटी। श्रीमतीजी आवाज दे रही थी।

-क्या सोच रहे थे?

उत्पल दा-बस यूं ही। किसी की याद आ रही थी।

किसकी बापी की? पत्नी ने कहाँ

उत्पल दा बिना जवाब दिए पत्नी की ओर देखते हैं। दोनों एक दूसरे को देखते हैं। खामोशी छा जाती है। उनकी पत्नी की आँखें डबडबाई हुई हैं। उत्पल दा पंडुकी के घोंसले को एकटक निहारते रहे। सोच रहे हैं कि इन पक्षियों ने कितनी मेहनत की। एक-एक तिनके चोंच से चुनकर लाना। भूखे-प्यासे नीड़ का निर्माण करना। अब बच्चे हुए हैं। वही असहाय बच्चे जो बिना माता-पिता के सहारे के आत्मनिर्भर नहीं हो सकते। फिर यही बच्चे सबल होते ही अपने माँ-बाप को छोड़कर अपनी अलग दुनियां बसाएंगे।

रविवार का दिन था। उत्पल दा देर से उठे। बरामदे में आकर बैठ गए। बरामदे की रेलिंग पर नजर पड़ती है। पंडुकी रेलिंग पर शरीर फुलाए बैठी है। नीचे आंगन में उसका साथी टहल रहा था। घोंसले पर नजर दौड़ाते हैं। कौतुहूल होता है। फिर बड़ी वाली टेबुल को सरकाते हुए दीवार के किनारे ले जाते हैं। चढ़कर घोंसले में देखते हैं। खाली पड़ा हुआ है। आश्चर्य होता

है। मायूसी भी।

-क्या देख रहे हो? उड़ गए। आज सुबह ही उड़ गए। उनकी पत्नी ने कहा-

उत्पल दा मायूस होकर नीचे उतर जाते हैं।

वैसे ये मायूसी कोई नई नहीं है। उनका बेटा बापी भी तो बड़ा हो गया था। बापी की शादी के पहले तक तो सब कुछ ठीक-ठाक था। परंतु शादी के बाद बापी में अलग परिवर्तन शुरू हो गया था। जिस घर में नन्हा बापी बड़ा हुआ वह घर उसे छोटा प्रतीत होने लगा। बहू स्वच्छंद रहना चाहती थी। यूं कहें तो उसे यहाँ घुटन होती थी।

मनमुटाव कलह का रूप लेने लगा। परिणति यह हुई कि बापी अपनी पत्नी को लेकर अलग हो गया। पहले तो रोजाना फोन से बातें भी किया करता था परंतु रोजाना साप्ताहिक और साप्ताहिक मासिक और मासिक गाहे-बेगाहे बन चुके थे। उसे अब बूढ़े हो रहे माता-पिता की आवश्यकता नहीं थी। उनका काम समाप्त हो चुका था। उसकी जरूरत मात्र आत्मनिर्भर होने तक ही थी।

उत्पल दा के मन में तरह-तरह के ख्याल आ रहे हैं। पंडुकी का क्या? वह तो फिर एक नीड़ का निर्माण करेगी। अंडे देगी। बच्चे होंगे। बच्चे बड़े होकर उड़ जाएंगे। यह क्रम चलता रहेगा। परंतु मनुष्यों का क्या? संवेदनाएं खत्म हो गई हैं।

उत्पल दा को बेचैनी का अनुभव हो रहा है। माँ बाबूजी की याद आ रही है। उन्हें दिवंगत हुए वर्षो बीत गए थे। वैसे उत्पल दा ने भी तो अपने माता-पिता के साथ वही किया था जो बापी ने उनके साथ आज किया है।

भूल-सुधार

बापू कॉलोनी में विस्तृत परिसर में शर्माजी का बहुत ही सुंदर बंगला है। शर्माजी स्टील प्लांट में किसी अच्छे पद पर हैं। चहारदीवारी के अंदर भाँति-भाँति के पेड़-पौधे लगे हुए हैं। बारहमासी अमरूद का पेड़ विशेष आकर्षण का केंद्र है। फल बड़े-बड़े और मीठे। पेड़ साल-भर फलों से लदा रहता। पक्षियों को छोड़कर कोई और खानेवाला नहीं था। पके अमरूदों का जमीन पर अम्बार लगा रहता। आस-पड़ोस के लोगों के मुँह से पानी तो टपकता जरूर परंतु किसी की हिम्मत नहीं होती है कि माँग लें या तोड़ लें। न ही शर्माजी ऐसा दिल रखते हैं कि बाँटें।

शर्माजी के परिवार में कोई नहीं है। स्वाभाव के बहुत ही कठोर और वाणी एकदम कर्कश। उनकी पत्नी और एकमात्र पुत्र की पांच वर्ष पहले सड़क दुर्घटना में मृत्यु हो चुकी थी। एकाकी जीवन था। आस-पड़ोस किसी से कोई मतलब नहीं था। अपना अधिकतर समय घर के अंदर ही बिताया करते थे। आवश्यक कार्य हेतु ही केवल बाहर निकलना होता था। अपनों के खोने और एकाकीपन ने उनको शायद भावना शून्य कर दिया था।

हाइवे के किनारे वाली बस्ती के चार-पांच बच्चे ताक में रहा करते और मौका मिलते ही चहारदीवारी फांदकर अमरूद तोड़ लेते थे। शर्माजी को नागवार गुजरता। क्रोध आता था परंतु बच्चे उन्हें आंट नहीं देते थे। नियत समय था नहीं सो वे शर्माजी की पकड़ में नहीं आते थे। बच्चों की आदत होती हैं जोखिम लेने की। उन्हें बहुत आनंद आता है। भले ही आप उन्हें उनकी मनचाही वस्तु उपलब्ध करा दें परंतु स्वयं हासिल करने का आनंद ही कुछ अलग होता है।

एक दिन शर्माजी सुबह से फिराक में बैठे थे। बच्चे आते हैं। कुल पांच हैं। तीन बच्चे इधर-उधर देखते हैं और चहारदीवारी फांद जाते हैं। दो बच्चे पेड़ पर चढ़कर अमरूद तोड़ना शुरू कर देते हैं। पांच-छः साल का एक कमजोर सा दिखनेवाला बच्चा जमीन पर गिरे हुए पके अमरूद चुन-चुनकर अपनी फटी शर्ट में रख रहा है। बाहर दो बच्चे निगरानी कर रहे हैं। शर्माजी सारा माजरा बंगले के अंदर से देख रहे हैं। जब सभी बच्चे व्यस्त हो जाते हैं तभी वह डंडा लेकर दहाड़ते हुए बाहर निकलते हैं। बाहर निगरानी कर रहे दो बच्चे नौ दो ग्यारह हो गए। पेड़ पर चढ़े दोनों बालक भी किसी तरह कूदकर वापस चहारदीवारी फांदकर भाग जाते हैं। कमजोर सा दिखनेवाला बच्चा सारे अमरूद फेंक दीवार पर चढ़कर भागने की कोशिश करता है परंतु पैर फिसल जाने के कारण जमीन पर गिर जाता है।

शर्माजी आकर उसे पकड़ लेते हैं। बच्चा सहम जाता है। पूरा शरीर थर-थर कांप रहा है। फिसलने के कारण घुटना छिल गया था जिससे खून रिस रहा था। बच्चे की हालत पर शर्माजी को जरा भी दया नहीं आई। वह उसे दो चांटे रसीद देते हैं। गालियां देते हुए घसीटकर गेट के बाहर ले जाते हैं। इस बीच बच्चा रोते हुए अपनी दलील देता है कि साहब मैं आज पहली बार ही आया था। पर शर्माजी पर कोई असर नहीं होता है। फिर दो चांट लगाते हैं और चेतावनी देते हुए कहते हैं आइंदा दिखा तो पैर तोड़ दूंगा।

बच्चा रोता हुआ चला गया।

दोपहर को शर्माजी भोजन ग्रहण करने बैठते हैं। एक-दो कौर मुँह में डालने के उपरांत खाने की रूचि नहीं हो रही है। उस बच्चे का रोता हुआ चेहरा बार-बार सामने आ जाता है। उसकी कातर दृष्टि याद आ रही है। ऐसा उनके साथ वर्षों बाद हो रहा था क्योंकि प्रकृति के क्रूर खेल ने उनका सब कुछ छीन लिया था। उन्हें उनके मासूम बच्चे की याद आ रही थी। परेशान हो उठते हैं। भोजन खाया नहीं जा सका। हाथ-मुँह धोकर बाहर आकर टहलने लगते हैं।

अमरूद के पेड़ के पास पहुँचते हैं। पूरा पेड़ फल से लदा है। ऐसे ढेरों फल हैं जिन्हें पक्षियों ने खोदा हुआ है या यूं कहें तो थोड़ा ही खाया है और किसी और के लिए खाने लायक नहीं छोड़ा है। नीचे पके फलों का अंबार लगा हुआ है।

शर्माजी के अंतर्मन में उथल-पुथल चल रही है। बेचारा बच्चा गिरे फलों को ही तो चुन रहा था। भागने के क्रम में चोट भी लग गई थी। मरहम करना तो दूर ऊपर से कितना मारा। अगर मेरा मुन्नू (उनका दिवंगत पुत्र) होता तो क्या उसके साथ भी यही व्यवहार करता? छीः। घृणा आ रही है स्वयं पर। जी रोने का कर रहा है। बार-बार रोते बच्चे की तस्वीर दिमाग में कौंध रही है।

शर्माजी अपना ध्यान बार-बार हटाने की कोशिश कर रहे हैं पर बरबस ध्यान उधर जा रहा है। बड़ी बेचैनी से उन्होने वह दिन काटा। अगले दिन सुबह फिर से वही बात। आज इंतजार कर रहे हैं कि काश ! बच्चे फिर आएं। वह बच्चा तो जरूर आए। परंतु उस दिन किसी बच्चे ने झांका तक नहीं। शर्माजी उदास हो गए। कहाँ ढूंढे? पर बिना ढूंढें चैन नहीं मिलने वाला है।

*****

शर्माजी पिछले चार-पांच दिनों से उस बच्चे को आस-पास के इलाकों में ढूंढने का प्रयास करते हैं परंतु बच्चा कहीं नहीं दिखता है। जहाँ भी बच्चे

खेलते दिख जाते हैं वहाँ पहुँचकर उस बच्चे को ढूंढना शुरू कर देते हैं। पर हर जगह निराशा ही हाथ लगती है। हाँ, इधर एक बहुत बड़ा परिवर्तन यह हुआ कि शर्माजी अपने पड़ोसियों को अमरूद बाँट रहे हैं। साथ ही आस-पड़ोस के लोगों से बात-चीत भी शुरू कर दिया है।

एक दिन शर्माजी बाजार से सब्जियां लेकर लौट रहे थे। उनकी नजर सड़क के उस पार खेलते कुछ बच्चों पर गई। वहाँ पहुँच जाते हैं। परंतु खेलते बच्चों में वह बच्चा मौजूद नहीं है। निराश हो जाते हैं। लौटने को उद्यत होते हैं कि सामने एक घर के दालान पर वह बच्चा दिखता है। उसके पैर में साड़ी का एक मैला सा टुकड़ा बँधा हुआ है। शायद घरवालों ने घाव पर बाँधा है। उनकी तलाश पूरी हो गई।

बच्चे की नजर जैसे ही शर्माजी पर पड़ी वह भागा। शर्माजी भी उसके पीछे भागे। बड़ी मुश्किल से आज मिला है। छोड़ना नहीं है। बच्चा झुग्गी के अंदर प्रवेश कर जाता है और फटी, मैली साड़ी पहने कंकाल नुमा औरत के पीछे छिप जाता है। शर्माजी पीछे-पीछे पहुँचते हैं। बच्चा डरकर रोने लगता है।

रोता हुआ -उस दिन के बाद मैं आपके घर की ओर गया तक नहीं। मैंने कुछ नहीं किया है अंकल। मत मारिए मुझे। अब उधर कभी नहीं जाऊँगा। प्लीज......

बच्चे की माँ : साहब इसने कोई गलती की है क्या? इसकी तरफ से मैं माफी माँगती हूँ।

शर्माजी : नहीं-नहीं। माफी मैं माँगने आया हूँ। आगे बढ़कर बच्चे को पकड़कर अपनी ओर खींचते हैं। बच्चा अभी भी सहमा हुआ है। उसके घुटने से साड़ी का टुकड़ा खोलकर देखते हैं। घाव पर सुखी पपड़ी पड़ गई है। उनकी आँखों से आँसू बहने लगते हैं। उसको पुचकारने लगते हैं ओर गले से लगा लेते हैं। बच्चा अचानक हुए इस परिवर्तन से हतप्रभ है। इतना बड़ा आदमी रो रहा है। शर्माजी बच्चे की माँ को उस दिन का पूरा वृतांत

सुना डालते हैं। उससे माफी भी माँगते हैं।

बच्चे की माँ से बातचीत के क्रम में मालूम होता है कि बच्चे का बाप मजदूरी करता है एवं वह घरों में दाई का कार्य करती है। शर्माजी बच्चे को अपने साथ अपने घर ले चलने की इजाजत माँगते हैं। बच्चे की माँ थोड़ा झिझकती है परंतु मान जाती है। शर्माजी बच्चे को लेकर अपने साथ चलने को उद्यत होते हैं। पर बच्चा ठिठक जाता है। काफी मान मनुहार एवं माँ के कहने पर चल देता है।

घर पहुँचने पर शर्माजी उसे ढेर सारा अमरूद तोड़कर देते हैं। बच्चा अमरूद चाव से खाना शुरू कर देता है। उसे तृप्त होता देखकर शर्माजी आनंदित हैं। उनकी सारी बेचैनी दूर हो गई है। लग रहा है बड़े पाप के बोझ से मुक्ति मिल गई है। शर्माजी बच्चे के साथ एकाध घंटे तक बातचीत करते हैं। बच्चे को देखकर उन्हें मुन्नू याद आ रहा है।

शर्माजी उसे रोज आने की बात कहते हैं। बच्चा भी सहज हो गया था। अब रोज अमरूद खाने को मिलेंगे। बच्चे किसी तरह की दुर्भावना नहीं रखते हैं। शर्माजी के अपनत्वपूर्ण व्यवहार ने उसके मन में भय की भावना को खत्म कर दिया था। वह चला जाता है।

धीरे-धीरे शर्माजी और बच्चे के बीच में एक कड़ी बन जाती है। दोनों एक दूसरे से मिलने को आतुर रहते हैं। घंटों बातचीत करते हैं। शर्माजी को एकाकीपन दूर करने का एक सहारा मिल गया था। किसी कारणवश बच्चा अगर कभी नहीं आ पाया तो शर्माजी बेचैन हो उठते हैं। कुशल क्षेम लेने घर पहुँच जाते हैं। शर्माजी अब उस बच्चे के पारिवारिक सदस्य जैसे हो गए हैं। उनके जीवन में पूर्ण परिवर्तन आ चुका है। रिक्त स्थान की पूर्ति जो हो चुकी है।

अमित (वही बच्चा) बस्ती में स्थित आंगनबाड़ी में पढ़ता था। शर्माजी को उसकी पढ़ाई-लिखाई की चिंता होने लगी। एक दिन उसके माता-पिता से मिल उसकी पढ़ाई-लिखाई का जिम्मा लेने की इच्छा जताते हैं। जिसकी

इजाजत उन्हें खुशी-खुशी मिल जाती है। अमित का दाखिला शहर के एक नामी स्कूल में करा देते हैं। उसकी पढ़ाई-लिखाई एवं अन्य जरूरतों का पूरा ध्यान रखने लगे। शर्माजी ने उसकी अच्छी परवरिश में कोई कोर-कसर नहीं छोड़ी।

कालांतर में अमित इंजीनियरिंग की पढ़ाई पूरी करता है। उसी शहर में एक बहुराष्ट्रीय कंपनी में उसकी नौकरी लग गई। अपने माता-पिता के साथ-साथ वह शर्माजी का भी सहारा बन जाता है। उनके सुख-दुख का साथी। नौकरी लगने के बाद वह शर्माजी को भी अपने माता-पिता के साथ रखने की जिद करता है।

शर्माजी की उम्र पैंसठ वर्ष हो चुकी थी। कोई सहारा न था। वह अमित की बात मान लेते हैं। शर्माजी अपने बंगले में ही सभी को रहने का आमंत्रण देते हैं और साथ ही उनके परिवार में किसी के न होने की दुहाई देकर अपनी सारी संपत्ति अमित के नाम करने की इच्छा जाहिर करते हैं। परंतु अमित बड़ी विनम्रता से प्रस्ताव ठुकरा देता है। बदले में शर्माजी से आग्रह करता है कि सारी संपत्ति जरूरतमंदों की सेवा में लगी किसी संस्था के नाम कर दें।

शर्माजी को अपनी भूल-सुधार पर आज गर्व हो रहा है। स्वार्थी और धनलोलुप दुनिया में उन्हें एक योग्य सहारा मिल गया था। यदि उस दिन उन्होंने अपनी भूल-सुधार न की होती तो कालांतर में यही बच्चा कहीं अच्छी परवरिश के अभाव में कुछ और होता और वह स्वयं अपने एकाकी जीवन को ढो रहे होते।

रजुआ

सहना वाली चाची आई हुई हैं। गाँव में कुटनी के नाम से विख्यात हैं। पति-पत्नी में लड़ाई लगवानी हो या सास-बहू में। उन्होंने पी.एच.डी. की हुई थी। मजाक उड़ाने में और नीचा दिखाने में उनकी कोई सानी नहीं थी। परंतु एक अच्छी बात यह थी कि सबके सुख और दुख में शरीक होती थी।

रजुआ के पिता को क्विंटल का क्विंटल सुना रही थी।

-अब तो बूढ़े हो रहे हो......... इतना लंबा-चौड़ा बेटा किस दिन के लिए रखा है-कुछ कमाए-धमाए तो तुम्हें आराम हो ....बहन जवान हो रही है ....नालायक को जरा भी फिक्र नहीं है. .....वगैरह-वगैरह।

शंकर को भी बातें सही लग रही हैं। रजुआ पर उन्हें भी क्रोध आता है। परंतु बेटा अब बड़ा हो गया है। डील डौल देखकर डर लगता है। जवान है। कहीं रोष में कुछ कर दे तो बुढ़ापे में कहीं मुँह दिखाने लायक न रहूँ। परंतु सहना वाली भाभी एकदम सही कह रही हैं। तभी रजुआ घर में प्रवेश करता है।

सहना वाली चाची-क्यू रे कमाता-धमाता क्यों नहीं है?

रजुआ-चाची ट्यूशन तो पढ़ा ही रहा हूँ। तैयारी भी कर रहा हूँ। कहीं

नौकरी लग गई तो सारी परेशानी दूर हो जाएगी।

सहना वाली चाची-ट्यूशन से पेट भरता है? इससे तेरी बहन की शादी हो जाएगी? चंदनवां (उनका बेटा) आनेवाला है। उसके साथ हो लेना। सूरत में फैक्ट्री में काम लगवा देगा। बारह-पंद्रह हजार तो मिल ही जाएंगे।

शंकर -नहीं-नहीं कलेक्टर बनेगा। फिर सारे दुख दूर हो जाएंगे। यहाँ द्वार पर साहब की गाड़ी लगेगी। बोडीगार्ड होंगे। मैं कलेक्टर का बाप कहलाऊंगा। जाने कौन-से मुहूर्त में नालायक पैदा हुआ था। बुढ़ापे में भी चैन नहीं लेने देगा।

रजुआ। गाँव के लोग उसे उसी नाम से बुलाते हैं। परंतु वास्तविक नाम है राजू। एक भेला-भाला युवक। माँ बचपन में ही दुनिया को अलविदा कह चुकी थी। एक छोटी बहन थी। पिता मजदूरी करते थे। किसी तरह दो जून की रोटी नसीब होती थी। पढ़ाई की समुचित व्यवस्था नहीं थी। फिर भी छोटे बच्चों को ट्यूशन पढ़ाकर किसी तरह स्नातक पूरी की। रजुआ अपने गाँव का इकलौता स्नातक था। जहाँ अभिभावक बच्चों को किशोरावस्था में ही दिल्ली, सूरत आदि कमाने भेज देते थे वहाँ रजुआ का स्नातक होना गाँव के अधिकतर लोगों की आँख की किरकिरी थी।

रजुआ को पिता का कार्य करना अच्छा नहीं लगता था। कई बार सोचा गाँव के लड़कों के साथ दिल्ली या सूरत कमाने चला जाए। परंतु उसकी इच्छा सरकारी सेवा में जाने की थी। बिहार जैसे पिछड़े राज्यों में, जहाँ निजी क्षेत्र के उद्यम नगण्य हैं, में सरकारी सेवा का क्रेज बहुत अधिक है। सिविल सेवा तो युवाओं की पहली पसंद है। सरकारी नौकरी का टैग लगना अपने-आप और परिवार के लिए बहुत ही गर्व की बात होती है।

रजुआ अपवाद नहीं था। दूसरे शहरों में नौकरी कर रहे अपने मित्रों से प्रतियोगी परीक्षाओं की पुस्तकें मंगवाकर पढ़ता रहता था। कई प्रतियोगी परीक्षाओं में बैठा भी था। आंशिक सफलता भी मिली थी। परंतु पूर्ण सफलता नसीब नहीं हुई थी।

यूं तो रजुआ के लिए ताने कोई नई बात नहीं थी। गाँव वालों के ताने रोज सुनता था। परंतु आज कुछ अधिक हो गया था। उसके पिता ने ऐसे ताने कभी नहीं दिए थे। तमतमाता निकल पड़ता है। बहन रोकने का प्रयास करती है। परंतु रजुआ रूका नहीं।

अपने सुख-दुख के साथी के पास पहुँच जाता है। गाँव के बाहर एक पुराने मंदिर का खंडहर है। जिस पर बरगद का विशाल वृक्ष उग आया था। वहाँ लोगों का आना-जाना न के बराबर होता था। रजुआ का यही अध्ययन-स्थल भी था। बैठकर रोने लगा। एकाध घंटे बाद उसकी बहन ढूंढते हुए आती है और रजुआ को घर ले गई।

*****

एक दिन रजुआ बच्चों को ट्यूशन पढ़ा रहा था। उसकी बहन दौड़ती हुई आती है।

-भैया। डाकिया आया हुआ है। आपका पत्र आया है। कह रहा है आपको ही देगा।

दोनों भाई-बहन चल पड़ते हैं।

घर पहुँचकर रजुआ डाक लेता है। पत्र फाड़कर पढ़ता है। खुशी का ठिकाना नहीं है। सेक्शन ऑफिसर का नियुक्ति पत्र था। दिल्ली में पोस्टिंग थी। कई माह पूर्व एस.एस.सी. की मुख्य परीक्षा दी थी।

नहर किनारे वाली मंदिर की ओर भागा जहाँ शंकर मजदूरी कर रहा था। अपने पिता को खुशखबरी देता है। शंकर धम् से जमीन पर बैठ गया। आँखों से आँसू झरने लगे। मंदिर की ओर दोनों हाथ जोड़कर एकटक देखता है। स्वर नहीं फूट रहे। रजुआ अपने पिता को उठाता है।

पिता को गर्व तो हो रहा है परंतु अपने ऊपर ग्लानि भी। पुत्र को दिए गए एक-एक ताने याद आ रहे हैं और कलेजा फट रहा है। उधर रजुआ भी गदगद है। बेरोजगार, नालायक और निकम्मे के तमगे से मुक्ति मिली है। लोगों के ताने सुन-सुनकर बहरा हो गया था।

बात पूरे गाँव में फैल गई। एक-एक कर लोगों का रजुआ के घर पर जुटान होने लगा। गाँव में पहली बार किसी को सरकारी नौकरी मिली थी। बधाई देने वालों का तांता लगा हुआ था। भले ही ऊपर मन से। ज्यादातर लोगों की छाती पर साँप लोट रहे थे। कठहँसी लिए बधाई दे रहे थे।

-कुछ सीख राजू बेटे से। मन भर खाता है और दिन-भर मटरगश्ती करता रहता है। राजू ने अपने श्रम से लक्ष्य हासिल किया है। मंगनी चाचा अपने छोटे बेटे को लताड़ रहे थे।

-अरे मैं तो पहले कहती थी। अपने पिता और गाँव का नाम रोशन करेगा। बाबा भोलेनाथ ने मेरी विनती सुन ली। बिना माँ का बच्चा। हाय.. ...हाय.....। सहना वाली चाची अपनी उपस्थिति दर्ज करा रही हैं।

सहना वाली चाची -बेटा अब तो तूं बड़ा अफसर बन गया है। चंदनवां तेरे छोटे भाई जैसा है। कोई काम लगवा देना। घर से इतनी दूर फैक्ट्री में मजदूरी करता है। तेरा नाम लेगा।

हर कोई रजुआ की सफलता में अपना योगदान दर्शा रहा है। गाँव का रजुआ आज राजू बन गया है। सब उससे अदब से पेश आ रहे हैं। उसकी मिशाल दे रहे हैं।

*****

नौकरी ज्वाइन करने रजुआ आज दिल्ली के लिए रवाना हो रहा है। गाँव के कई लोग स्टेशन छोड़ने साथ हो लिए हैं। बहन ने रास्ते में खाने के लिए लिट्टी बनाकर दे दिए हैं। पिता ने मंदिर से भष्म लाकर उसके ललाट और गले में लगा दिया है। भगवान रक्षा करेंगे। मन भारी है। बहन को खुशी भी है और दुख भी। भैया जा रहे हैं।

पुरानी मंदिर का खंडहर का बरगद भी साक्षी है। सोच रहा है आज फिर एक युवा गाँव छोड़कर जा रहा है। शायद अब स्थायी तौर पर न लौटे।

सभी स्टेशन पहुँचते हैं। शत्रुघ्न चाचा अपने चार वर्षीय पोते को साथ लेकर अरियातने आएं हैं। बच्चा पहली बार स्टेशन आया है। चारो ओर

आश्चर्य से देख रहा है।

बाबा...होब लाईट....... पोल का भीतर में लाल लाईट लगा दिया है। तनको इंजोर (रोशनी) नहीं हो रहा है। पास ही लेटा हुआ चितकबरा कुत्ता कूं...कूं की आवाज निकाल शायद बच्चे की बात का समर्थन कर रहा है।

ट्रेन आने की सूचना दी गई। रजुआ का मन बैठा जा रहा है। पहले तो बहुत व्यग्रता थी कि नौकरी मिले तो यहाँ से जान छूटे। परंतु अब लग रहा है थोड़ा वक्त और मिल जाता तो अच्छा होता। पिता की आखे डबडबाई हुई हैं।

प्लेटफॉर्म पर हलचल बढ़ जाती है। चाय.....चाय.....कुल्हड़ वाली चाय ..... ऐ पानी........बोतल पानी....

पूरा कोलाहल मचा हुआ है। जनरल डिब्बे में चढ़ने की आपा-धापी, मारा-मारी शुरू हो जाती है। अरियातने आए लोग छिटक लेते हैं। किसी तरह धक्का-मुक्की के उपरांत रजुआ भी डिब्बे में सवार होने में कामयाब हो जाता है। ट्रेन चल पड़ी। रोज का नियम है। हर रोज बिहार के हजारो मजदूरों, नौकरी पेशा, छात्रों और अच्छी ईलाज की आश लिए यात्रियों को लिए चलती है। सब पीछे छूट रहे हैं। दूर गंगा के रेतीले तट चमक रहे हैं। ईंट भट्ठों की चिमनियां बायं-बायं धुआं उगल रही हैं।

रजुआ कोने में बैठा खोया हुआ है। घर की छाजन खराब हो गई है। बरसात में जगह-जगह से पानी टपकता है। पक्का घर बनवाना है। बहन की शादी करनी है। बाबूजी की मोतियाबिंद की सर्जरी करवानी है। गाँव की मंदिर का चबूतरा ....

ओह....अन्य युवाओं की तरह बहुत जिम्मेदारियां लिए जा रहा है रजुआ।

शुभ दिन

आज बहुत ही शुभ दिन है। पूजा-पाठ के लिए बहुत अच्छा संयोग है। नकदी पंडितजी की पांचों उंगलियां घी में हैं। यजमानों के यहाँ पूजा कराने के न्योतों से गदगद हैं। अच्छी कमाई दक्षिणा के रुप में मिलने की आशा है। सोच रहे हैं आज की कमाई से पंडिताइन के लिए अच्छी साड़ी खरीदूंगा। बाकी के पैसे बैंक में जमा हो जाएंगे। जल्दी-जल्दी तैयार हो रहे हैं। तभी फोन की घंटी बज उठती है।

पंडितजी-हैलो।

दूसरी तरफ से -प्रणाम पंडितजी .... किशुवा बोल रहे हैं। आज घर में सत्यनारायण भगवान का पूजा रखे हैं। समय दे देते तो बड़ी मेहरबानी होती।

किशुवा की गिनती गाँव के सबसे उदण्ड और लंपट किस्म के लोगों में होती है। पंडितजी के रोंगटे खड़े हो जाते हैं। न जाने आज कौन सी आफत आ जाए। मना भी नहीं कर सकते हैं।

पंडितजी : बेटा आज समय का बहुत अभाव है। कोशिश करुंगा....

किशुवा : मैं वो सब नहीं जानता। दस बजे तक पहुँच जाइएगा। उपवास पर हैं। जल्दी पूजा समाप्त होगा तो भोजन भी करना है। आपको मैं बता दूं कि मैं ज्यादा देर भूखा नहीं रह सकता।

पंडितजी कुछ देर सोचते हुए : अच्छा ठीक है।

घड़ी देखते हैं। सुबह के आठ बज रहे हैं। पहले जिन यजमानों को समय दिया है उसे न निपटाकर किशुवा को ही समय दे दूं? अजीब लंपट से पाला पड़ा है। क्या मैं उसका नौकर हूँ? अजीब मुसीबत में पड़ गया हूँ। कहीं उन्नीस-बीस हो जाए तो गंवार-लंपट का कोई भरोसा नहीं। हथछुट भी है। कहीं हाथापाई पर न उतर आए। जो हो झेलना तो पड़ेगा ही। जय बजरंगबली................... रक्षा करिएगा।

पूजा के लिए निकलते हैं। सबसे पहला पड़ाव रामदीन मास्टर के यहाँ है।

*****

प्रणाम पंडितजी..........प्रणाम पंडितजी...... प्रणाम पंडितजी.......

बच्चे-बूढ़े सभी पंडितजी का सम्मान कर रहे हैं। प्रत्युत्तर में पंडितजी मुंडी हिला रहे हैं।

पूजा प्रारंभ हो गया है। पंडितजी मंत्रों का उच्चारण बहुत जल्दी-जल्दी कर रहे हैं। किसी तरह पंडितजी पूजा समाप्त कर दान-दक्षिणा समेटते हैं और इजाजत माँगते हैं।

मास्टरजी : हाय पंडितजी। पाप मत चढ़ाइए। दही-चूड़ा का उत्तम प्रबंध किया हुआ है। बिना खिलाए जाने नहीं दूंगा।

पंडितजी : मास्साब आज माफ किजिए। किसी दूसरे दिन ग्रहण कर लूंगा।

मास्टरनी : ना-ना। खाना तो होगा ही।

अब मास्टरजी कैसे बताएं कि उनके मन में क्या चल रहा है। अजीब

शनिचर से पाला पड़ने वाला है। मास्टरजी का आग्रह भी नहीं टाल सकते हैं। पुराना संबंध है। मन मारकर भोजन ग्रहण करते हैं। बार-बार घड़ी देख रहे हैं। पर अभी समय है।

मास्टरजी के बाद पंडितजी तीन और यजमानों के यहाँ पूजा निपटा चुके हैं। मंत्र और कथा का पाठ करते-करते मुँह दर्द कर रहा है। हर जगह यजमानों के आग्रह पर कुछ न कुछ भोजन ग्रहण करने के कारण पेट हाँडी की तरह निकला हुआ है। अभी पूरा दिन बाकी है।

*****

घड़ी में साढ़े बारह बज गए हैं। पंडितजी एक यजमान के यहाँ शॉर्ट कट पूजा कर रहे हैं। उधर किशुवा इंतजार करते-करते फोन लगाता है। फोन की घंटी बजती है पर पंडितजी का ध्यान नहीं जाता है। किशुवा अंदर ही अंदर आग बबूला हुआ जा रहा है।

पंडित का लगता है मन बढ़ गया है। फोन क्यूं नहीं उठा रहा है। पांच बार पूरी रिंग होने के बाद छोड़ देता है। आने दो आज बताता हूँ।

कुल मिलाकर पडितजी भी मजबूर हैं। दिन ही जो आज शुभ है। पूजा समाप्ति कर फोन देखते हैं। पांच मिस्ड कॉल .... बाप रे....इस शैतान से कौन बचाए। नहीं अब पहले शैतान के यहाँ का पूजा निपटा देता हूँ। पर फिर वही भोजन....वही आग्रह... पंडितजी आग्रह ठुकरा नहीं पा रहे हैं। बीच में और यजमान पकड़ लेते हैं। बिना पूजा कराए जाने नहीं देते हैं। उधर किशुवा फोन पर फोन किए जा रहा है। पंडितजी डर से फोन नहीं उठा रहे हैं।

*****

नकदी पंडितजी दो बजे किशुवा के घर पहुँचते हैं। तन पसीने से तर बतर है। हाँफ रहे हैं। हाँडी जैसे पेट के ऊपर से पसीने की बूंदे टपक-टपक कर नीचे गिर रही हैं। किशुवा का मुँह ताकते हैं। किशुवा का चेहरा तम. तमाया हुआ है। जाने शैतान कौन खुराफात सोचकर बैठा हुआ है। पंडितजी

की शक्ल देखकर ऐसा लग रहा है कि किसी ने शरीर से रक्त की एक-एक बूँद निचोड़ ली हो।

किशुवा जला भुना हुआ है। मन ही मन बुदबुदा रहा है । देखो कैसे गरूड़ की तरह थूथन लग रही है। समय का कोई होश नहीं है। सबक तो सिखाना है पर पहले पूजा करवा लूँ। भूख से प्राण निकला जा रहा है।

पंडितजी-क्या बतलाउ यजमान। कल रात से ही पेट मरोड़ रहा है। गांठ-गांठ में दर्द हो रहा है। सुबह कमजोरी से उठा नहीं जा रहा था। किसी तरह दवा लेकर निकला हूँ। मैं आपकी बात का मान कैसे नहीं रखता। चला आया।

किशुवा सब चालाकी समझ रहा है। पेट देखकर तो नहीं लग रहा है कि कोई गड़बड़ी है। तसले जैसा निकला हुआ है। पूजा करवा लेता हूँ फिर सारी बीमारी दूर करता हूँ।

जो हो पूजा प्रारंभ हुआ। पंडितजी बड़े मन से मंत्रोच्चार कर रहे हैं। कथा ऐसी कह रहे हैं कि लोग पूरी तन्मयता से सुन रहे हैं। शायद ईश्वर किशुवा के प्रकोप से बचा लें। किशुवा का पूजा में मन नहीं लग रहा है। एक तो क्रोध दूसरी भूख।

पूजा संपन्न होती है। पंडितजी बिना दान-दक्षिणा लिए ही चलने को उद्यत होते हैं।

पंडितजी-अच्छा तो किशुबाबू अब इजाजत दिजिए।

नहीं-नहीं पंडितजी। बिना खाए जाने नहीं दूंगा। आपके लिए मैंने आज विशेष प्रबंध किया है।

पंडितजी को लगा चलो आज बच गए। नाहक डर रहा था। यहाँ तो अलग ही माहौल बन रहा है। चलो अब तो दक्षिणा वगैरह ले कर ही चलूंगा। चौकी पर पालथी मारकर बैठ गए।

किशुवा घर के पिछवाड़े जाता है। वापस आता है तो हाथ में एक मोटी

लट्ठ है। लट्ठ पर नजर पड़ते ही पंडितजी की पिल्ही चमक जाती है। ग्रह कटा नहीं है। खड़े हो जाते हैं। किशुवा लपकता है। पंडितजी झोला जमीन पर पटक कर जान-प्राण लिए हुए भागते हैं। आगे-आगे पंडितजी और पीछे-पीछे किशुवा।

आज मैं छोड़ूंगा नहीं।

पाप होगा......छोड़ दो ....रूको-रूको ....नहीं-नहीं... लोग-बाग समझा रहे हैं। पर ना। किशुवा ने निश्चय कर लिया है।

पंडितजी के पैरों में जैसे किसी ने पहिए लगा दिए हों। भारी और थुलथुल शरीर होने के बावजूद तेज भागे जा रहे हैं। बगीचा.... खेत.... फसल....सब लांघे......सरपट। बजरंगबली.....बजरंगबली.... बजरंगबली.. का उच्चारण किए जा रहे हैं। उधर किशुवा भी पीछा नहीं छोड़ रहा है।

शुभ दिन का असर हो या किशुवा का पेट खाली होना। कुछ दूर पीछा करने के बाद किशुवा लड़खड़ाकर गिर जाता है। उधर पंडितजी अपनी गति को विराम नहीं देते हैं। खाया-पीया शरीर है। रूकना नहीं है। अन्यथा आज जान चली जाएगी।

भागते-भागते अपना घर दिखाई देता है। सांस फूल रही है। भागा नहीं जा रहा है। पर किसी तरह दनदनाते हुए द्वार से आँगन में प्रवेश कर जाते हैं। धम्म........ लगा आँगन में भूकम्प आ गया हो। पिंजरे के अंदर से तोता शोर मचाने लगता है। पंडिताइन कमरे में लेटी हुई थी। भागकर बाहर आती है। आखिर क्या गिरा? देखती हैं पंडितजी आँगन में उल्का पिंड की तरह पड़े हुए हैं।

धोती जगह-जगह से फटी हुई है। पेट जोर-जोर से ऊपर-नीचे हो रहा है। बजरंगबली.....बजरंगबली....। सांस लेना मुश्किल हो रहा है। आँखों से धुंधला-धुंधला दिख रहा है। पंडिताइन का चेहरा भी स्पष्ट नहीं दिख रहा है।

अरे ऐसी कौन सी आफत आ गई जो ऐसा हाल बना लिए हो? क्या कोई पागल कुत्ता वगैरह पीछे पड़ था? बोलते क्यों नहीं? पंडिताइन गरजी।

किसी तरह सांस समेटकर कहते हैं-आज ग्रह था ....ग्रह। बहुत खराब दिन। बजरंगबली ने आज बचा लिया नहीं तो .....आज......लंपट किशुवा जान से ही मार देता। आँखें बंद हो जाती हैं।

पंडिताइन सोचती हैं पर आज तो इन्होंने कहा था कि बहुत ही शुभ दिन है। छोड़ो पहले वैद्यजी को बुलाती हूँ।

वैद्यजी आते हैं। नब्ज देखते हैं। पूछते हैं -क्या समस्या है?

पंडितजी -क्या बताएं?

फिर अचानक शर्मिंदगी की सोचकर चुप हो जाते हैं।

-सांस तेज-तेज चल रही है। बेचैनी हो रही है। सब कुछ धुंधला-धुंधला दिख रहा है।

पंडिताइन-बताते क्यों नहीं हो कि..................

पंडितजी बीच में टोकते हैं एवं आँख कसते हैं। पंडिताइन चुप हो जाती है।

वैद्यजी दवा देते हैं। पंडितजी खाकर गहरी नींद में सो गए।

संतान

सुबह खटर पटर से रामअवतारजी की नींद खुल जाती है। पास देखते हैं तो पत्नी वहाँ नहीं है। शायद वही खटर पटर कर रही है। और क्यों नहीं, आज उनकी इकलौती संतान, अभिमन्यु पांच साल बाद अमेरिका से घर आ रहा है। वह अमेरिका के शिकागो शहर में किसी बड़ी कम्पनी में अच्छे ओहदे पर है। पांच साल पहले शादी के बाद पत्नी को भी साथ ले गया था। पत्नी का मायका कोलकाता में है।

बेटे की आने की खबर से माँ के तो जैसे पर निकल आए हैं। उनकी सारी बीमारियां दूर हो गई हैं।

रामअवतारजी मूलतः छपरा के रहनेवाले थे। जमशेदपुर में सरकारी अभियंता थे। माँ-बाबूजी के देहाँत के बाद वहाँ की सारी संपत्ति बेचकर यहाँ आलीशान बंगला बनवाया। बंगला बहुत ही भव्य बनवाया था। सामने सुंदर लॉन। तरह-तरह के फूल-पौधे।

अभिमन्यु यहीं शिशु से युवा हुआ था। उसके कमरे में दोनों पति-पत्नी ने उससे जुड़ी सारी चीजें सहेज कर रखी हुई थी। नियमित रूप से उस

कमरे की साफ-सफाई करवाई जाती थी। और हो भी क्यों न? उनके कलेजे के टुकड़े से जुड़ी यादें जो उसमें बसी हैं। उसके खिलौने, किताबें, पदकें आदि।

बूढ़ी माँ साफ-सफाई निपटा उसके पसंदीदा भोजन बनाने में जुट गई। रामअवतारजी सुबह की सैर के लिए निकल पड़े। बेटे की आने की खुशी दबाए दब नहीं रही थी।

-धनंजयबाबू आज पांच सालों बाद मेरा बेटा अमेरिका से हमसे मिलने आ रहा है। रामअवतारजी बोले।

धनंजयबाबू -यह तो बड़ी खुशी की बात है। आजकल ऐसी संतान बड़े भाग्यवालों को मिलती है। वरना शादी होने के बाद अपने बूढ़े माँ-बाप की खैर खबर कौन लेता है।

सिंहाजी -पोखरे के पासवाले मकान में रहनेवाले चंदरजी को ही ले लिजिए। उनके बेटे-बहुओं ने उन्हें पत्नी समेत वृद्धाश्रम पहुँचा दिया। बूढ़े माँ-बाप को दो जून की रोटी मुहैया कराना भी भारी पड़ रहा था। आजकल सबको प्राइवेसी चाहिए। माँ-बाप प्राइवेसी का हनन कर देते हैं। मेरी ही हालत देखिए। नारायण की माँ के गुजर जाने के बाद पानी तक को कोई पूछनेवाला नहीं है। अच्छा होता भगवान मुझे भी उसी के साथ उठा लेता। आप तो बड़े नसीबवाले हैं।

गुप्ताजी -हम कहने को इंसान हैं और इंसान के बच्चे पालते हैं। हमारी स्थिति तो पशु-पक्षियों से भी बदतर है। बच्चे आत्म-निर्भर होते ही माँ-बाप को छोड़कर अपनी दुनिया में रम जाते हैं।

रामअवतारजी मंद-मंद मुस्कुरा रहे हैं। गर्व महसूस हो रहा है। उन्हें वो नन्हा सा अभी याद आ रहा है। पीछा नहीं छोड़ता था। कंधे पर उठाए फिरते थे। ऑफिस के लिए निकलते समय आसमान सिर पर उठा लेता था। कितना मनाना पड़ता था। चॉकलेट-टॉफी, खिलौने का लालच देना पड़ता था। समय कितनी जल्द बीत गया पता ही नहीं चला। आज अभि हमारा

सहारा बना हुआ है।

अच्छा मुझे इजाजत दिजिए। थोड़ी जल्दी है। तैयार होकर स्टेशन निकलना है। हावड़ा से ट्रेन पकड़ चुका होगा।

तेज-तेज कदमों से घर की ओर मुड़ते हैं। शायद घुटनों का पुराना दर्द भी ठीक हो गया है।

अपनी पुरानी एम्बेसेडर कार को धो-पोछकर चमचमा देते हैं। जल्दी-जल्दी दोनों पति-पत्नी अपने बेटे को लाने स्टेशन रवाना हो गए। स्टेशन पहुँचने के थोड़ी देर बाद ही ट्रेन भी रेंगती हुई पहुँच गई। अभिमन्यु उतरता है।

हाय मॉम ! हाय डैड !

बड़ों को पैर छूकर प्रणाम करना असभ्यता का प्रतीक है। ऐसा करने से आजकल आपकी उन्नति में दाग लग जाता है। वैसे भी रामअवतारजी ने शायद इसलिए अपने बेटे को यह दुर्गुण नहीं सिखाया था। अपनी समाज की जड़ों से तो वह काफी पहले ही कट चुके थे। संस्कारों की छाया नहीं मिलनी चाहिए।

खुश रहो बेटा ! मिष्टी नहीं दिख रही है। क्या वह नहीं आई? -माँ ने पूछा।

मिष्टी उनकी बहू है। बेटे ने माँ-बाप की रजामंदी से ही प्रेम विवाह किया था। मिष्टी के घरवाले मूलतः बंगाल के निवासी थे। अभि का वहाँ अपनी पढ़ाई के दौरान ही मिष्टी से घनिष्ठता हुई थी।

अभिमन्यु-तुम तो जानती ही हो माँ। उसे अपने माँ-बाबा से बहुत लगाव है। वह अपना ज्यादा से ज्यादा समय उनके साथ बिताना चाह रही है। कोलकाता मे ही रूक गई है।

तीनों गाड़ी की तरफ बढ़ते हैं।

अभिमन्यु -क्या डैड अभी तक ये खटारा आपने फेंकी नहीं है। हटाओ

इसे। नई गाड़ी खरीद देता हूँ।

रामअवतारजी को इस गाड़ी से बहुत लगाव है। उसे अपना बच्चा ही समझते हैं। अभि जब छठवीं कक्षा में पढ़ता था तब खरीदी थी। अभि इसी गाड़ी में बैठकर स्कूल जाया करता था।

घर पहुँचते ही माँ ठंडा पानी ले आती है। चाय-नाश्ता।

-बहुत दुबला हो गया है। खाने-पीने पर ध्यान नहीं देता है? या मिष्टी बनाती ही नहीं है?-माँ की चिंता फूट पड़ी।

अभिमन्यु-मॉम काम से फुर्सत ही नहीं मिलती है। फिर खाना बनाने में समय कौन व्यर्थ करे। सब कुछ डिब्बा बंद मिलता ही है।

मॉम -अच्छा अब कम से कम दस-पन्द्रह दिन आराम कर। तेरी पसंदीदा भोजन बनाया करूंगी।

अभिमन्यु -दस-पन्द्रह दिन? नहीं मॉम छुट्टी कहाँ है? कल सुबह की ट्रेन से कोलकाता रवाना होना है। परसों वहाँ से फ्लाइट पकड़नी है।

रामअवतारजी और उनकी पत्नी दोनों की खुशियां गायब हो गई। ऐसा आना भी क्या आना। एक तो इतने दिनों बाद आया। अब जाने की बात करने लगा। सही से बच्चे से जी भर बातें भी नहीं कर पाएंगे।

नाश्ता वगैरह लेकर अभि लैप-टॉप पर रम गया। माँ-बाप मूक बैठे हैं। परंतु बेटा किसी आवश्यक कार्य में व्यस्त है। डिस्टर्ब करना ठीक नहीं है।

कहीं न कहीं हमारी परवरिश और शिक्षा पद्धति में कोई न कोई खोट जरूर है। हम बच्चों को शिक्षा के प्रति समर्पित बनाते हैं। वही शिक्षा जिसका मुख्य उद्धेश्य ही है परीक्षा में अच्छे अंको से पास होना। कम अंक लानेवाले में भले ही सैंकड़ों अच्छाइयां हों, उन्हें हतोत्साहित ही किया जाता है। बच्चों में विकसित यही समर्पण की भावना नौकरी के प्रति समर्पण की भावना को जन्म देती है। हमारी शिक्षा-पद्धति की सफलता का चरम नौकरी प्राप्त करना है। ये समर्पण हमारी बाकी भावनाओं पर भारी पड़ रहा है। अपनों के प्रति

और हमारे समाज के प्रति समर्पण की भावना का नितांत अभाव होता जा रहा है। हम ऐसे खो जाते हैं कि हमें खुद अपने लिए भी समय निकालना मुश्किल हो जाता है। परंतु कई बार ऐसा भी होता है कि हमारी जिम्मेदारियां चाह कर भी अपनी इच्छाओं को पूरी नहीं करने देती हैं।

ये कैसी सफलता है जो हमें मनुष्यत्व से दूर कर रही है।

*****

अभि का ज्यादातर समय लैपटॉप और फोन में ही बीत गया। तड़के दोनों पति-पत्नी बेटे को विदा कर आते हैं। माँ स्टेशन से घर तक रोते हुए आती है।

रामअवतारजी के मन में अजीब सी उथल-पुथल हो रही है। जिसकी जरा सी तकलीफ पर रात-रात भर जागते थे। जिसके लिए पूरी जिंदगी न्योछावर कर दी आज उसके पास हमें देने के लिए समय तक नहीं है। उनकी पत्नी गुमशुम रहती हैं।

एक दिन रामअवतारजी अखबार पढ़ रहे थे। पत्नी सीढ़ियों से फिसल. कर गिर पड़ीं। आनन-फानन उन्हें ले अस्पताल भागे। एक्स-रे की गई। कमर टूट गई है। कई दिनों तक भर्ती रहने के बाद रामअवतारजी उन्हें लेकर घर आ गए हैं।

बिस्तर पर पड़े-पड़े बेटे का नाम जपती रहती हैं। रामअवतारजी ने बेटे को सूचना दी है।

जवाब मिला -अभी तो गया ही था डैड। कम्पनी के कुछ जरूरी काम पूरे करने हैं। मॉम को अच्छी से अच्छी ट्रीटमेंट दिलाओ। पैसे की चिंता मत करना। जितनी चाहिए मैं भेज दूंगा। एकाध महीने में फ्री हो जाऊँगा तो आकर देख लूंगा।

रामअवतारजी ने पैसे बहुत कमाए थे। पेंशन भी अच्छी-खासी थी।

अभि कितना बड़ा हो गया। चेहरा उतरा हुआ है। रामअवतारजी सोच रहे हैं। माँ को देखने की भी फुर्सत नहीं है। पहले पता होता तो इतना लायक ही नहीं बनाता। कम से कम हमारी नजरों के सामने तो रहता।

पत्नी उनके चेहरे के भावों को पढ़ रही है। अंदाजा हो गया कि क्या जवाब मिला होगा। छत की ओर शून्य में देखने लगी।

रामअवतारजी दिन-रात पत्नी के सिरहाने लगे रहते। खूब सेवा करते। इतने रमे की बाहर की दुनिया से कोई संपर्क नहीं रहाँ फूल-पौधे देखभाल के अभाव में मुरझा रहे थे। एम्बेसेडर के ऊपर धूल की मोटी परत जम गई थी। सेवा का असर भी दिखने लगा। पत्नी अब ठीक हो रही थी। परंतु उन्हें क्या पता। अंदर जो बीमारी समाए हुए है उसका इलाज नहीं है।

बहुत दिन हुए सैर किए। सोचा आज थोड़ी देर के लिए बाहर निकलता हूँ। पत्नी सो रही है। निकले पर फिर वापस आ गए। मन नहीं हो रहाँ कुछ अच्छा नहीं लग रहाँ अभि के कमरे में जाते हैं। बैठकर चुपचाप हर एक चीज को निहारने लगते हैं। कई घंटे बीत गए। पता ही नहीं चला। किसी चीज के गिरने की आहट से ध्यान टूटा। चलूं। पत्नी को देख लूं।

जाकर देखा तो पत्नी का शरीर ठंडा पड़ा हुआ है। काफी हिलाया-डुलाया पर कोई हरकत नहीं। उनकी पत्नी ने उनका साथ छोड़ दिया था। जी कर रहा है दहाड़ें मारकर रोएं। पर नहीं, आसूँ भी नहीं निकल रहे हैं।

बेटे को खबर नहीं की। मुहल्ले के अपने साथियों के साथ अंतिम-संस्कार कर दिया। अब एकाकी हो गए। अपनी जड़ से कोई संपर्क उन्होंने रखा नहीं था। वहाँ से कोई नहीं आता-जाता था।

*****

पत्नी की मृत्यु के दो दिन हो गए हैं। सुबह उनके बुजुर्ग साथियों ने आवाज लगाई। कोई जवाब नहीं मिला। मुख्य दरवाजा खुला हुआ था। सभी अंदर गए। रामअवतारजी हॉल में निर्जीव पड़े हुए थे। उनके साथियों ने उनके फोन का खंगाला। अभि का नम्बर मिला। सूचना दी गई। अभि ने

पूछा -मॉम कहाँ है?

बताया गया कि मॉम को गुजरे दो दिन बीत चुके हैं। उनका अंतिम संस्कार भी कर दिया गया।

अभि अपनी पत्नी और ससुरालवालों के साथ अगली सुबह पहुँच गया। पार्थिव शरीर के पास उनके बुजुर्ग साथी रात-भर बैठे रहे। अभि के आने के बाद अंतिम-संस्कार की तैयारियां शुरू कर दी गईं। लाश को अब ज्यादा समय रखना सही नहीं है।

रामअवतारजी को अभि मुखाग्नि देता है। कुछ ही घंटों में रामअवतारजी पंच-तत्व में वीलिन हो गए।

*****

शानदार भोज का आयोजन किया गया है। खानेवाले गदगद हैं। जहाँ तक लोगों को याद है ऐसी भव्य व्यवस्था पहले कभी नहीं की गई थी।

एक व्यक्ति बोलते हुए जा रहा था कि ऐसे पकवान कभी नहीं चखे थे। मन तृप्त हो गया। भगवान ऐसी संतान सबको दे। अंत समय तक माँ-बाप को निभा गया।

परंतु रामअवतारजी का बंगला, ठूठ हो चुके फूल-पौधे और धूल फांक रही एम्बेसेडर कार शायद कुछ कहना चाह रहे हैं। पर उनकी बात समझेगा कौन? सुना है अभि बंगले और खटारा एम्बेसेडर को भी बेचनेवाला है। जब मॉम -डैड ही नहीं रहे तो इनको रखकर क्या करें। नाहक उनकी याद सताया करेंगी।

समाजसेवी

सिंहा साहब यानि राजनंदन सिंहा शहर के जाने-माने समाजसेवी बिजनेसमैन। लक्ष्मी की कृपा तो है ही साथ ही बड़े दिल के लिए भी मशहूर हैं। शहर में कोई भी सामाजिक हित का कार्य हो उदार हृदय से दान करते थे। आज उनका आवास मातृ विला को दुल्हन की तरह सजाया गया है। विशेष अवसर भी है। आज उनके इकलौते पुत्र अंशुल का रिसेप्शन है।

बफे सिस्टम में लजीज व्यंजनों की व्यवस्था है। एक ओर शराब का स्टाल लगा है। रम, व्हिस्की, वोडका, वियर कई ब्रांडों में उपलब्ध हैं। पीने की खूली छूट है।

मिसेज सिंहा भारी-भरकम गहनों से लदी हुई अपनी सहेलियों के बीच चहक रही हैं। इधर मिस्टर सिंहा अपने दोस्तों के बीच घिरे हुए हैं।

-माइंड ब्लोइंग अरेंजमेंट मिस्टर सिंहाँ मैं आपके अरेंजमेंट का कायल हो गया हूँ। मिस्टर चटर्जी एक हाथ में व्हिस्की का पैग लेते हुए बोले।

मिस्टर बोस ने पीछे रहना उचित नहीं समझा। वह मिस्टर चटर्जी की बात का समर्थन करते हुए कहते हैं -आई एग्री विद यू मिस्टर चटर्जी। नो

वन इज लाइक मिस्टर सिंहाँ मिस्टर सिंहा अपनी तारीफ से गदगद हैं। झेंप रहे हैं।

-अरे नहीं....नहीं। आप लोगों की मेहरबानी है जो मेरी पार्टी में चार चाँद लगा रहे हैं। मुझ गरीब की क्या बिसात? सब आप लोगों की दया है।

तभी एडिटर साहब का प्रवेश होता है। पैग हाथ में है। पब्लिक टाइम्स के संपादक हैं। बड़े मूडी हैं। कोई बात चुभ जाए तो तिल का ताड़ बना देते हैं। कलम का पूरा सहारा लेते थे। लोग उनसे बचना चाहते। कौन मुसीबत मोल ले।

-अरे सभी महानुभाव यहीं जमे हुए हैं। पार्टी बहुत शानदार है। मजा आ गया। आज तो सिंहा साहब सुर्खियों में बने हुए हैं। चाहे शहर के अखबार हों या सोशल मीडिया। हर जगह आपकी ही चर्चा हैं। इधर पार्टी की चर्चा तो उधर देव आश्रय अनाथालय में आपके दान की चर्चा आपके विरोधी तक कर रहे हैं।

मिस्टर बोस-रिच होना और बड़े दिल वाला होना दोनों में बहुत फर्क होता है। जरूरी नहीं कि हर रिच आदमी मिस्टर सिंहा की तरह ही उदार और बड़े दिल वाला हो। वी आर रियली प्राउड ऑफ हिम। यदि इंडिया में सभी रिच मिस्टर सिंहा की तरह सोचने लगें और सोशल अपलिफ्टमेंट में इन्गेज रहें तो हमारी पोजिशन वर्ल्ड लेवल में कुछ और होगी।

मिस्टर चटर्जी-मैं तो फेसबुक पर इनके सामाजिक कार्यों की झलक देखता हूँ तो फ्रैंकली स्पीकिंग आई फिल जेलस ऑफ हिम। चाहता तो हूँ मैं भी सोसाइटी के लिए कुछ करूं बट टाइम इज अ फैक्टर।

सिंहा साहब अपनी तारीफ सुनकर भाव-विभोर हो रहे हैं।

-मैं तो बस एक माध्यम हूँ। मेरा जो कुछ भी है वह समाज से ही तो है। यहीं से लेकर यहीं दे रहा हूँ। बस आपलोगों की कृपा है। आपलोगों का सानिध्य और साथ मिलता रहे यही कामना है बस।

एडिटर साहब-मैं सामाजिक कार्यों में आपके योगदान के ऊपर एक

आर्टिकल तैयार कर रहा हूँ। आपके तमाम सामाजिक उत्थान के कार्यों का उसमें समावेश होगा। आपके जैसा शख्सियत पूरे स्टेट ही नहीं पूरे देश में मशहूर होना चाहिए। समाज का आदर्श होना चाहिए। तभी तो औरों को भी प्रेरणा मिलेगी।

सिंहा साहब-अरे नहीं महाशय। मैं इतना बड़ा भी नहीं हुआ हूँ। बस भगवान की दया है और आपलोगों का आशीष। जो कुछ गरीब से बन पड़ता है कर लेता हूँ।

तभी हो...हो...मारो...भगाओ.....कहाँ से आई.............. कोला. हल मच गया।

मिस्टर सिंहा शोर की ओर भागे। पीछे-पीछे उनके मित्र। पुलाव के स्टाल के पास कुछ गड़बड़ था। एक कंकालनुमा स्त्री को लोग घेरे हुए थे। उसकी साड़ी जगह-जगह से फटी हुई थी। बाल बिखरे हुए थे। वह हाथ जोड़े खड़ी थी। लोग उसे घेर कर ही शोर मचा रहे थे।

-यह कैसे अंदर आ गई? गार्ड मर गया क्या? रोका क्यों नहीं? सिंहा साहब गुस्से से उबल रहे थे।

तभी गार्ड भागता हुआ आया।

-साहब बड़ी जोर की पेशाब लगी थी। मैं शौचालय गया तभी अंदर आ गई होगी। गार्ड बोला।

-शट अप यू इडियट ! सिंहा साहब एजेंसी को कहकर निकलवाओ इस कामचोर को। इसकी जगह कोई क्रिमिनल अगर घुस गया होता और कोई वारदात कर देता तो? मिस्टर बोस ने अपनी समझदारी दिखाई। वैसे भी बड़े लोगों के आस-पास की भीड़ में चमचा टाइप लोग रहते हैं जो अपने आपको व्यक्ति विशेष का शुभ चिंतक साबित करने का एक भी मौका नहीं चूकना चाहते।

सिंहा साहब -बेवकूफ ! अभी निकालो इसे। पूरी पार्टी का मजा किरकिरा कर दिया।

एडिटर साहब-अरे सिंहा साहब जाने दो। बेचारी गरीब है। जब आ ही गई है तो कुछ खाने का दिलवा दो। बेचारी भूखी होगी।

सिंहा साहब -आप नहीं जानते एडिटर साहब इन जैसों को। इसे दूंगा तो यह और दस-बीस को बुला लाएगी। बड़े ढीठ होते हैं ये। साले तमाशा खड़ी कर देंगे।

गार्ड उस औरत का हाथ पकड़कर खींचता हुआ ले जाने लगा। साथ ही भद्दी-भद्दी गालियां दिए जा रहा था। उसके कारण ही इतनी डांट खानी पड़ी। वह अलग भुन्नाया हुआ था। पूरी खींझ निकाल रहा था। औरत गिड़गिड़ा रही थी .....मेरे बच्चे भूखे हैं ....खाना लेने आई थी ...... कुछ दिलवो दो.....थोड़ा दे दो घट नहीं जाएगा।

गार्ड-भाग यहाँ से। बाप का माल समझा है। दुबारा दिखी तो टांगे तोड़ दूंगा।

वह स्त्री स्वयं जिम्मेदार थी। आखिरकार उस स्त्री ने संभ्रांत लोगों के बीच अनधिकृत रूप से अपनी उपस्थिति दर्ज की थी। बेचारी रोती सिसकती सड़क के दूसरी तरफ की गली में गायब हो गई।

सभी वापस अपनी-अपनी जगह मस्त हो गए। पार्टी पुनः अपने चरम पर। रात के ग्यारह बजे पार्टी समाप्त हुई। सभी मेहमान धीरे-धीरे अपने गंतव्य को रवाना हो गए।

सिंहा साहब बरामदे में टहल रहे थे। कुछ ज्यादा ही खा लिया था आज। खट्टी डकारें आ रही थी। बेचैनी सी हो रही थी।

-अरे सुनती हो। खाना ज्यादा खा लिया है। ठीक नहीं लग रहाँ आता हूँ थोड़ा बाहर टहलकर। सिंहा साहब अपनी पत्नी को कहते हैं।

निकलते हैं। गेट पर गार्ड मुस्तैद खड़ा है। भौंचक देखता है साहब आज इतनी रात को बाहर कहाँ घूमने निकले हैं। पर शांत रहता है।

टहलते-टहलते सिंहा साहब कुछ दूर निकल आए। अचानक गुप्ताजी

की परचून की दुकान की उल्टी तरफ कुछ देखकर ठिठक जाते हैं। दो-तीन कुत्ते कूड़े के ढेर में मुँह मार रहे हैं। पास ही एक कंकालनुमा काया दिखी। डर गए। इतनी रात को कहीं भूत-वूत न हो। रोंए खड़े हो रहे हैं। वापस मुड़ने के लिए उद्यत हुए। परंतु क्या सूझी वापस वहाँ जाकर देखने की इच्छा हुई। करीब जाते हैं। दृश्य देखकर मन द्रवित हो उठा। कूड़े के ढेर में उनकी पार्टी में शामिल मेहमानों के जूठन फेंके हुए थे। नजदीक से देखते हैं। वह कंकालनुमा काया और कोई नहीं बल्कि वही स्त्री थी जो उनकी पार्टी के दौरान घुस गई थी। एक पोलीथिन की थैली में जूठन उठा-उठाकर भर रही थी।

सिंहा साहब को तो जैसे काठ मार गया हो। बुत बने चुप-चाप एकटक देखते हैं। स्त्री इन सब से अनभिज्ञ है। थैली भरती है और उठकर चलने लगती है। सिंहा साहब पीछे-पीछे चलते हैं। स्त्री सड़क के दूसरी ओर की गली में प्रवेश करती है। चलते-चलते एक दुकान की शेड के नीचे रूकती है। नीचे बैठ जाती है। नीचे फुटपाथ पर गत्ते के ऊपर बच्चे सोए हुए है। दो बच्चे हैं। एक की उम्र तीन-चार वर्ष और दूसरे की छः वर्ष के आस-पास होगी। दानों बच्चे अपनी माँ की तरह ही हैं। आँखें और पेट धंसी हुई हैं। देखकर प्रतीत होता है कि वाकई बहुत भूखे हैं।

स्त्री उन बच्चों को जगाने लगती है। बच्चे ऊंघते हुए बहुत मुश्किल से उठते हैं। स्त्री थैली खोलती है और फैला देती है। बच्चे खाने को उद्यत होते हैं। छोटा बच्चा हाथ लगाने का प्रयास करता ही है कि भारी आवाज गूँजती है -रूको।

सिंहा साहब से न रहा गया। आँखें आँसूओं से भीगी हुई थी।

बच्चा ठिठक कर देखने लगता है। स्त्री नजरें उठाकर देखती है। आँखों में शंका का भाव है। बच्चे अपनी माँ से चिपट जाते हैं।

-साहब मैंने आपके यहाँ से भोजन नहीं चुराया है। कूड़े के ढेर पर फेंके हुए भोजन उठाकर लाई हूँ।

-जानता हूँ। उसे मत खाओ। आओ मेरे साथ।

स्त्री सशंकित होकर देखती है। कुछ क्षण शांति रहती है। फिर स्त्री अपने दोनों बच्चों को लेकर खड़ी हो जाती है। सिंहा साहब आगे-आगे चलते हैं। स्त्री अपने दोनों बच्चों का हाथ पकड़े पीछे-पीछे। सिंहा साहब गेट से अंदर प्रवेश करते हैं। गार्ड खड़ा आश्चर्य से देख रहा है। सोचता है कैसा विचित्र आदमी है। उस वक्त कितना सुनाया था और अभी खुद बुलाकर ला रहा है। वह भी बच्चों के साथ। बड़े लोगों की बड़ी बात।

स्त्री बाहर ठिठक कर खड़ी हो जाती है और गार्ड की ओर कातर नजरों से देखती है। सिंहा साहब पीछे मुड़कर अंदर आने का इशारा करते हैं। स्त्री अपने बच्चों के साथ अहाते में सकुचाते हुए प्रवेश करती है। बच्चे भौंचक इधर-उधर देख रहे हैं।

सिंहा साहब अपने नौकर बदरी को आवाज देते हैं। वह दौड़ा आता है।

-बदरी, देखो खाने का कुछ है तो बाहर लेते आओ और इन्हें पेट भरकर खिलाओ।

स्त्री और उसके दोनों बच्चों को बरामदे में बिठा देते हैं। बदरी तीन प्लेटों में अलग-अलग व्यंजन लेकर बाहर आता है। तीनों के सामने रख देता है। तीनों तेजी से मुँह के अंदर निवाला डालना शुरू कर देते हैं। बच्चे बड़े चाव से भोजन ग्रहण कर रहे हैं। शायद ऐसा सुस्वादु और तरह-तरह के व्यंजन पहली बार नसीब हुआ था। स्त्री खाते-खाते अपने बच्चों को भी देखे जा रही है। स्त्री की आँखों में संतोष का भाव झलक रहा है। और हो भी क्यों न? माँ का हृदय होता ही ऐसा है। चाहे वह गरीब हो या अमीर।

तीनो माँ-बेटों का भोज समाप्त होता है। सिंहा साहब एक थैली में स्वयं मिठाइयां और कुछ पकवान भरकर उस स्त्री को देते हैं। दोनों हाथ जोड़ लेते हैं। स्त्री अपने बच्चों के साथ विदा हो लेती है। गार्ड उसे घूरता हुआ फाटक बंद कर देता है।

सिंहा साहब हॉल में सोफे पर धँस गए। ग्लानि से भरे हुए हैं। परंतु तीनों के चेहरे पर तृप्ति के भाव को देखकर जो आनंद आज मिला वैसा आनंद दिखावे के परोपकारमूलक कार्यों में पहले कभी नहीं मिला था। अख. बारों और सोशल मिडीया में वाह-वाही बटोरना अलग बात है। ऐसा प्रतीत हो रहा था कि आज आत्म-संतुष्टि मिल गई हो। अपने ऊपर रोष भी आ रहा था और किए पर पछतावा भी। आज बहुत भारी पाप उन्होंने किया था। आँखों से झरते हुए आँसू उनके किए को धोने का प्रयास कर रहे थे।

-अरे कब से इंतजार कर रही हूँ। यहाँ पड़े हुए हो। सोना नहीं है क्या? मिसेज सिंहा गरजीं।

सिंहा साहब मन ही मन सोचते हैं इतने दिनों तक सोया हुआ ही तो था। अब जगा हूँ। चुपचाप पत्नी के पीछे-पीछे शयनकक्ष की ओर बढ़ जाते हैं।

शुचिता

शहर के बाहरी क्षेत्र में स्थित झील किनारे एक सुनसान जगह पर एक झोपड़ी। झोपड़ी से कुछ फर्लांग पर रेलवे पटरी गुजरती है। यह रेल पटरी बहुत ही व्यस्त रहती है। लाखों नगरीय एवं ग्रामीण यात्रियों को लाती है और वापस ले जाती है। इस झोपड़ी की शांति और नीरवता को ट्रेन की आवाजाही ही भंग करती है। स्थानीय लोगों का आना जाना न के बराबर होता है। यहाँ शहर के असामाजिक तत्वों का जमावड़ा लगता है। इन असामाजिक तत्वों में बड़े-बड़े गिरोह में काम करने वाले लोग शामिल हैं। शाम को शराब और जुआ का दौर भी चलता है।

ऐसे ही एक शाम को चार बजे एक बैठक का आयोजन किया गया है। विधानसभा चुनाव के तारीखों की घोषणा हो चुकी है। राजनीतिक सरगर्मी बढ़ गई है। इसी सिलसिले में बैठक का आयोजन किया गया है। नाटा बादल, नकचिपटा बापी, नान्टू डॉन, सुबीर काना, जावेद मस्तान, हाजी सूरमा आदि शामिल हैं। बैठक की अध्यक्षता नाटा बादल कर रहा है। अंग्रेजी शराब की व्यवस्था है। चखना में टंगड़ी कबाब, फिस चॅप, नमकीन आदि हैं। कुछ असमाजिक तत्व झोपड़ी के बाहर पहरा दे रहे हैं ताकि स्थानीय लोगों को दूर

रखा जा सके और पुलिस के आने की सूचना झोपड़ी के अंदर के बदमाशों को समय रहते दी जा सके। यूं तो स्थानीय पुलिस को सूचना है। नेताजी ने सेट कर दिया है। उनके स्तर से सब निश्चिंत हैं। परंतु विशेष बल के जवानों से खतरा है। यदि उन्हें सूचना मिल गई तो दिक्कत है।

नाटा बादल शराब की चुस्की लेते हुए एक हाथ से फिस चॅप उठाता है। चेहरे का भाव बहुत ही गंभीर है। आँखों में क्रूरता साफ झलकती है। नामकरण के पीछे भी कारण है। कद काफी कम है। परंतु अपरोध करने में हिचकता नहीं हैं। पंद्रह आपराधिक केस दर्ज हैं। अवैध उगाही से लेकर हत्या तक। आम जनता तो क्या प्रशासनिक अधिकारी तक डरते हैं। नेताजी का खास आदमी है।

नाटा बादल-बंधुओं आप सब वाकिफ हैं कि इस बैठक का आयोजन क्यों किया गया है। विधानसभा चुनाव के तारीखों की घोषणा कर दी गई है। हमें अभी से काम में लगना है। नेताजी से बात हुई है। आपसी मनमुटाव आड़े नहीं आने देना है। फिर सरकार बनते ही अपनी मौज होगी। हथियार, पैसे आदि की कोई कमी नहीं होगी ऐसा वादा नेताजी ने किया है।

सुबीर काना-यही बातें तो तुमने लोकसभा चुनावों के वक्त भी कही थी। परंतु पूरे पैसे अभी तक क्लियर नहीं हुए हैं। फिर मेरे दो आदमी अभी भी जेल में बंद हैं। आश्वासन पर आश्वासन देने के बाद भी नेताजी छुड़वा नहीं पाए हैं।

नाटा बादल -तुम अपने आदमियों के नाम और कौन सी जेल में बंद हैं उसका ब्यौरा दे दो। कितने पैसे बाकी हैं उसका हिसाब भी लिख दो। मैं नेताजी से बात करूंगा।

हाजी सूरमा -भाई ये सब तो चलता रहेगा। पहले हमें क्या करना है इसकी समुचित प्लानिंग करनी होगी। क्योंकि दिन-समय ठीक नहीं है। अब पहले जैसी बात नहीं रही है। लोग पहले हमारे डर से हग-मूत देते थे। अब आँखे तरेर कर देखते हैं। स्मार्टफोन हर एक हाथ में है। वीडियो बनाकर

वायरल कर देते हैं। जिस पुलिस को हम माल देकर चुप कराते हैं वही अपनी नौकरी बचाने की खातिर हमें कूटते हुए थाने ले जाती है। बहुत रिस्की हो गया है।

नाटा बादल -एकता में ही बल है। इसलिए तो मैं कहता हूँ कि आपसी मनमुटाव को भूलकर हमें एकजुट होना होगा। हमें बहुत ही सावधानी पूर्वक और शातिर तरीके से हर काम को अंजाम देना होगा। ना पब्लिक की पकड़ में आना है और ना मीडिया की नजर में। जहाँ भी जाएं पूरी तैयारी के साथ। जहाँ भी वारदात करनी है वहाँ ज्यादा संख्या में जाएं। पूरा दहशत फैलाकर करना है। पब्लिक संगठित न हो इसका उपाय पहले करना है। आजकल पुलिस से ज्यादा डर पब्लिक से ही है। संगठित होकर चंदा पिटाई शुरू कर देती है।

नकचिपटा बापी -सबसे अधिक समस्या तो केंद्रीय बलों से है। बहुत मार मारती है। पिछले लोकसभा चुनाव में पीठासीन अधिकारी को धमकाते हुए उन्होंने मुझे पकड़ लिया था। सारे साथी भाग खड़े हुए थे। जो मार मारा था कि सोचकर आज भी रोना आ जाता है। शरीर का एक-एक अंग चटका दिया था। मारते-मारते मार ही दिया था। आज भी ठंड के मौसम में अंग-अंग चटकता है। कोबरा के तेल से मालिश करवाता हूँ। भाई मुझे ऐसे बूथ सौंपना जहाँ राज्य पुलिस के लाठीधारी जवानों की तैनाती हो। बाबा रे...बाबा... केंद्रीय बल.....ना...ना...।

-हाँ भाई सच कहते हो। जाने कौन सी मुहूर्त में ई.वी.एम. लाया गया। नाक में दम हो गया है। दाल नहीं गलती हमारी। बैलट का जमाना सही था। कितनों बार मैंने बैलट बॉक्स को उठाकर पुकुर (पोखर) में फेंक दिया था। ना मीडिया का चक्कर ना स्मार्टफोन का टेंशन। लोग-बाग डर के मारे कपड़े में पेशाब कर देते थे। जिस गली में घुस जाता था वो खाली हो जाती थी। वोट डालने कतार में खड़े लोग एक ही घुड़की में जिसे वोट डालने कहता चुपचाप डाल देते। अब तो पकड़कर कूटने से भी नहीं हिचकिचाते। -जावेद मस्तान एक सूर में कह गया।

नाटा बादल -हाँ भाई। परिस्थितियां तो हमारे प्रतिकूल हुई ही हैं। इसमें कोई शक नहीं है। परंतु हमें इन्हीं परिस्थितियों से लड़ते हुए अपनी दहशत कायम रखनी है। चुनाव हमारे लिए सुनहरा मौका है। अन्यथा हमारा अस्तित्व मिट जाएगा। पूरा प्लान तैयार है। मैं बैठक के अंत में सबको जि. ममेदारी सौंप दूंगा। हथियार और बम तैयार हैं। उसकी कोई कमी नहीं होने दी जाएगी। आपलोग लड़कों को तैयार किजिए। संगठित किजिए। संगठित होने में ही सबकी भलाई है। .....अरे नान्टू डॉन..... अभी था दिख नहीं रहा है......उसे कुछ परेशानी है क्या? कोई जरा पता तो करो.......

जावेद मस्तान -दादा उसके रंग-ढंग आजकल ठीक नहीं लग रहे हैं। विपक्षी दल के नेताओं से करीबी जोड़ते मैंने उसे कई बार देखा है।

तभी नान्टू डॉन प्रवेश करता है। सुन लेता है। दहाड़ता है........

-तुझे ज्यादा चर्बी चढ़ गई है। पेशाब करने भी नहीं जाएं। तुझसे परमिशन लेकर जाना पड़ेगा। तू है कौन? तेरे जैसे टुच्चे और चमरचीट गुंडे कितने मेरे आगे-पीछे घूमते हैं। नल्ला कहीं का......तभी तो बीबी दूसरे के साथ....

-देख नान्टू मुँह संभाल के बात कर वरना इतने चिथड़े करूंगा कि चील-कौवे भी चिथड़े नहीं खाना चाहेंगे। घर परिवार पर नहीं जाने का। तूने मुझे अभी सही से पहचाना नहीं है ....। जावेद मस्तान भी तैश में आ गया था।

नाटा बादल ने किसी तरह थम-थाम किया। दोनों को पकड़कर अलग किया।

नाटा बादल -मुझे इसी का डर था। अगर तुमलोग आपस में लड़ोगे तो हमारा तो अस्त्वि ही खत्म हो जाएगा।

अस्तित्व गया तेल लेने। मैं इस टुच्चे को तो छोडूंगा नहीं। -नान्टू डॉन का गुस्सा शांत ही नहीं हो रहा है।

जावेद मस्तान-तो फिर आ ना। तुझसे डरता कौन है? बड़ा आया। सही

बात कही थी मैंने। तभी तो बिलबिला रहा है।

तभी एक गुर्गा दौड़ता हुआ अंदर प्रवेश करता है। इतना हाँफ रहा है कि मुँह से बोली नहीं फूट रही।

दादा......दादा....... मिलिट्री.... मिलिट्री... आ रही है।

बैठक में सन्नाटा छा गया। सभी के चेहरे पर दहशत का भाव था। नाटा बादल बाहर लपकता है। देखता है सही में मिलिट्री है। पर मिलिट्री क्यों आएगी? अरे ये तो एस.टी.एफ. (स्पेशल टास्क फोर्स) के जवान हैं।

नाटा बादल लपक कर वापस अंदर घुस जाता है। सभी को संबोधित करता है -

-भाईयों, एस.टी.एफ. के जवान आ रहे हैं। लेवल क्रॉसिंग पार कर गए हैं। हमारे पास समय नहीं है। जल्दी से सभी हथियार और बम उठाओ और निकल लो। उनके हाथ नहीं आना चाहिए।

सब हड़बड़ी में आदेश का पालन करते हैं।

-वो देखो दादा........ नन्टूवा भागा जा रहा है। वो झील के किनारे। कहा था न कि उसके रंग-ढंग ठीक नहीं लग रहे। उसी ने एस.टी.एफ. को खबर कर दी है। तभी तो भागा जा रहा है। -जावेद मस्तान को पूरा गुस्सा आ रहा है।

-आज साले को नहीं छोड़ूंगा। तेरी तो........... भड़ाम........... (एक बम उछाल देता है)।

कानों को बहरा करने वाला एक भीषण शब्द होता है। परंतु नान्टू सु. रक्षित था। नांन्टू अफरा तफरी का फायदा उठाकर बीच में ही भाग निकलने में कामयाब हो गया था। निकल भागा। सब अपनी-अपनी जान बचाकर भाग रहे थे। परंतु जवानों की मुस्तैदी एवं संख्या बल के कारण एक-एक कर सब पकड़े गए सिवाय नाटा बादल के।

नाटा बादल भागकर लेवल क्रॉसिंग के समीप की बस्ती में घुस गया।

वहाँ अपने एक परिचित के यहाँ बैठकर शराब पीता है। फिर लड़खड़ाता हुआ उठता है। उसका परिचित उसे रोकते हुए कहता है कि रात में यहीं ठहर जाओ। सुबह चले जाना। परंतु नाटा बादल जरूरी काम से नेताजी से मिलने की बात कर निकल पड़ता है। पाँव लड़खड़ा रहे हैं। पर बचने की फिक्र है। नेताजी के पास पहुँच जाएगा तो जान बचेगी। वही कुछ कर सकते हैं। लेवल क्रॉसिंग पार कर रहा था। पीछे कुछ लोग शोर-गुल कर रहे थे। ट्रेन आ रही थी जिसके कारण लोग आगाह करना चाह रहे थे। परंतु नाटा बादल को सुनाई नहीं पड़ी।

नाटा बादल को तेज रोशनी के साथ जोर का शोर सुनाई पड़ता है। उसके बाद कुछ नहीं मालूम। आँख खुलती है तो अपने को अस्पताल की बेड पर पाता है। पैरों में तेज पीड़ा का अनुभव होता है। उठने की कोशिश करता है परंतु बल नहीं मिल रहा है। पास पत्नी बैठी है। किशोर वय का बेटा पीछे खड़ा है।

पत्नी अपने पति को होश में आते देख खुश होती है। परंतु कुछ ही क्षण में उसके चेहरे पर आक्रोश का भाव आ जाता है। फूट पड़ती है।

-तुम्हें कितना समझाती थी बुरे काम छोड़ दो पर मेरी एक नहीं सुनी। लो भुगतो। बुरे काम का नतीजा तो यही होना था। शुक्र मनाओ जान बच गयी। दानों पैर ही कटे। वो तो भला हो आस-पास के लोगों का। जिन्होंने उठाकर अस्पताल सही समय पर पहुँचा दिया। देर हो जाती तो जान चली जाती। उनमें वो लोग भी थे जो तुम्हारी यातना के शिकार हुए थे।

बेटा भी पूरे गुस्से में था। कहता है -पहले आपको लोग नाटा बादल के नाम से जानते थे। अब लंगड़ा बादल के नाम से पुकारेंगे। शर्म आती है आपको अपना बाप कहने में।

नाटा बादल ग्लानि और पश्चाताप के भार से दबा जा रहा था। सोच रहा था लोगों ने अस्पताल पहुँचाया ही क्यों? मरने छोड़ देते। बिना पैरों के अब मेरा गुजारा कैसे होगा। नेताजी की याद आती है। पत्नी से पूछता है

नेताजी का फोन आया था या नहीं।

पत्नी फिर फट पड़ती है -नाम न लो उस करमजले का। उसके कारण तुम्हारी यह हालत हुई है। धूर्त...मक्कार है। सुबह गई थी उसके घर तुम्हारी खबर देने। पाजी ने डांटकर भगा दिया। कहा दुबारा मेरे आस-पास दिखना नहीं। मैं नहीं जानता नाटा बादल कौन है। बड़ा उसकी खातिर दूसरों की जान लेने और अपनी देने पर तुले रहते थे।

नाटा बादल अपने-आप को आहत महसूस कर रहा था। सही तो कह रही है। इतने दिनों तक भ्रम में था। आज भ्रम टूटा तो किसी काबिल नहीं रहाँ दोनों गालों से आँसू की बूंदें ढुलक रही हैं। एक-एक अपराध नजर के सामने कौंध रहे हैं।

*****

नेताजी के कार्यालय के सामने मीडिया कर्मियों की भीड़ लगी हुई है। प्रेस कांफ्रेंस करने वाले हैं।

तेल परफ्यूम लगाए नेताजी प्रवेश करते हैं। चेहरे से मासूमियत और सौम्यता टपक रही है। आत्म-विश्वास लबालब झलक रहा है। दोनों हाथ जोड़े हुए अपनी जगह ग्रहण करते हैं। मीडिया कर्मियों में आपाधापी मच जाती है। सवालों की बौछार लग जाती है। नेताजी का पी.ए. एक-एक करके सवाल करने को कहता है।

एक मीडियाकर्मी -क्या आप यह मानते हैं कि इतने असामाजिक तत्व जो जमा हुए थे किसी बड़ी वारदात को अंजाम देने के लिए जुटे थे? क्या यह सरकार की विफलता नहीं है? पुलिस को खबर क्यों नहीं लगी?

नेताजी-ये तो सरकार की तत्परता थी कि सारे बदमाश पकड़े गए। एस.टी.एफ. सरकार के अधीन ही तो कार्य करती है। वारदात के पहले ही बदमाश पकड़े गए। एक अस्पताल में इलाजरत है।

दूसरा मीडिया कर्मी -आरोप तो यह भी लग रहे हैं कि इलाजरत बदमाश को आपका संरक्षण प्राप्त था। आपके ही निर्देश पर सब वहाँ जुटे

थे।

नेताजी -हम राजनीति में हैं। आरोप और प्रत्यारोप हमारे लिए सामान्य हैं। मैं ईमान्दारी और सुचिता की राजनीति करता हूँ। जनता के लिए कार्य करता हूँ। जनता जनार्दन है। भला जब जनता मेरे साथ है तो मुझे बदमाशों की क्या जरूरत? जिस दिन लगेगा जनता का प्यार और विश्वास मैं खो चुका हूँ, उसी दिन राजनीति से सन्यास ले लूंगा।

तीसरा मीडिया कर्मी -परंतु यह आरोप स्वयं इलाजरत बदमाश नाटा बादल की पत्नी और इस विधानसभा क्षेत्र के घोषित विपक्षी उम्मीदवार श्री नंदलालजी (नान्टू) ने लगाया है।

नेताजी -जहाँ तक नाटा बादल की पत्नी के आरोप की बात है, तो जहाँ तक उनके बारे में मुझे जानकारी मिली है, उनकी मानसिक स्थिति सही नहीं है। रही बात नान्टू की तो वह आपराधिक प्रवृति का है। उसके खिलाफ अनेकों संगीन अपराध के केस दर्ज हैं। अब आप एक अपराधी के आरोप को सही मानेंगे? एक सुनियोजित षड़यंत्र के तहत मुझे फंसाने की साजिश विपक्ष द्वारा रची जा रही है। विपक्ष के पास अच्छे उम्मीदवारों की कमी है तभी तो एक गुंडे को टिकट दे रही है। हम पर्दाफाश करके रहेंगे। सरकार ने उच्च स्तरीय जांच के आदेश दे दिए हैं। दूध का दूध और पानी का पानी हो जाएगा।

-अच्छा अब मुझे इजाजत दिजीए। एक बैठक में सम्मिलित होने जाना है। बहुत-बहुत धन्यवाद।

नेताजी निकल पड़ते हैं।

www.ingramcontent.com/pod-product-compliance
Ingram Content Group UK Ltd.
Pitfield, Milton Keynes, MK11 3LW, UK
UKHW021311160826
14477UKWH00023B/374

9 788194 347156